먹는 인생

③

작가의 말

인생을 살며 느낄 수 있는 기쁨 중에 '먹는 기쁨'을 빼놓을 수 있을까요?

먹고 마시고 씹고 맛을 느끼고,

여럿과 함께하기도 홀로 편안하게 즐기기도 하죠.

매일 당연하게 식사를 하지만 끝내고 나면 또 다음 식사가 기다려져요.

"오늘은 뭘 먹을까? 또 내일은?" 하며 시작되는 기대감과

첫 한 숟갈을 입에 넣을 때의 고양감,

다 먹고 난 뒤의 만족감은 항상 우리를 행복하게 합니다.

가끔 카드 결제 내역을 확인하고는 깜짝 놀랍니다.

음식이 제 소비의 대부분을 차지하고 있거든요.

그만큼 '먹는 기쁨'이 제 인생에서

커다란 만족감으로 자리하고 있는 것이겠지요.

달콤한 맛, 고소한 맛, 부드러운 맛, 심지어 쓴맛과 떫은맛, 매운맛까지…

단맛도 쓴맛과 함께할 때 더 즐거워진다는 걸 생각해보면
우리 인생도 음식과 비슷하다는 생각이 들어요.
어느 날은 달고, 어느 날은 너무 맵고, 또 어느 날은 너무 쓰죠.
하지만 그 모든 맛이 모여
우리 인생을 더 다채로운 맛으로 만들어주는 게 아닐까요?

오늘이 아이스 아메리카노처럼 썼다면,
내일은 카스텔라처럼 달콤할 거예요.
여러분의 식사 시간이 항상 즐겁고 행복하기를 바라며
먹는 인생을 살고 있는 독자분들께 이 책을 바칩니다.

홍끼 드림.

부대찌개

여보는 저 상황에서
나한테 무슨 말 할 거야?

뭔가 보고 나서
남편에게 이런 질문을 하는 건
많은 아내들의 특징인 듯하다.

나만 그런 줄
알았는데
아니었음.

어느 날은 좀비 영화를 보다가
남편에게 물었다.

여보는 좀비 사태 터져서
내가 먼저 좀비에 물리면
어떡할 거야?

지긋지긋

아~~~
빨리~

내가 생각한 답은
이 정도였다.

1. 나도 여보를 따라서 좀비가 될게.

2. 가슴에 한 방, 머리에 한 방!

3. 치료제를 구할 때까지 여보를 집 안에 안전하게 가둘게.

이런 뻔한
상상의 나래를
펼치고 있을 때

남편이 말했다.

같이 뇌···
파먹어용.

이상하게 기억에 오래 남는
로맨틱한 말이 되었다.

?

뭐야, 그게.

아니 아니, 그런데
어떻게 치료제
나올 때까지 버텨서

오래 살고 싶음.

다시 인간으로
되돌려주는 엔딩은
없는 거야?

음···

그럼 통조림을 열심히 구해 온 다음

으어어-

치료제가 나올 때까지 집에서 문 잠그고 버텨보지 뭐…

그리고 맛있는 콩 통조림도!

으… 그걸 왜 먹냐.

푸르트믹스 통조림이랑 참치랑 골뱅이랑… 맛있는 거 엄청 많으니까!

그냥 먹으면 굉장히 꺼려지는 비주얼이지만 한식에 넣으면 맛있어지는 콩 통조림!

콩 통조림을 무슨 한식에…

부대찌개.

아.

맛있네~! 그렇네~!!!

그치?

햄과 김치와
다진 고기가 우러난
칼칼한 고춧가루
양념 국물은
당연히 맛있지만,
이상하게
이 콩이 빠지면
부대찌개 특유의
맛이 나지 않는다.

가장 없어도 될 것 같은
이 재료로 부대찌개는
완성이 되는 것이다.

우오오오!

재료를 한데 넣고 보글보글,

보글…

보글..

칼칼한 고춧가루 향이 코를 찌르면

푸쉬익-

뚜껑을 연다.

처음 시작은
햄부터…

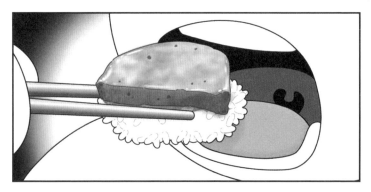

음

얼큰한 국물을
빨아들인 햄은
역시 맛있구나.

소시지와 두부,
푹 익은 채소들은
국물과 함께 밥그릇으로
옮겨 와 으깬다.

당연.

김가루도
솔솔 뿌려줘요.

다른 국물 요리보다
부대찌개가 좋은 이유는

특유의 햄 맛이
얼큰한 국물에 잘
배어들어서

감칠맛이 훨씬
좋단 것이지!

적당히 건더기를 건져 먹었으면 라면 사리 투하.

체다치즈도!

우와, 지금 콩 통조림 씹혔는데 정말 맛있다!

거봐, 엄청 맛있지?

밥

라면

볶음밥

국물을 남겨서 볶음밥까지 해 먹어버린 바람에

부대찌개는 정말… 끝까지 맛있구나.

끄덕

빨리 나와…!!

쾅
쾅
쾅

배 속까지 얼큰해진 날이었다.

이번 화 속 남편이 봤던 영화는 「윔바디스」예요! 인간의 뇌를 먹으면 그 인간의 생전 기억을 볼 수 있어서 별미라던 좀비의 대사를 남편이 감명 깊게 생각했나 봐요.

짜장라면

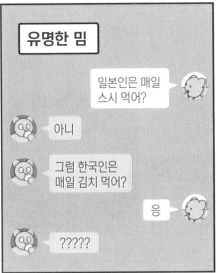

유명한 밈

> 일본인은 매일 스시 먹어?

아니

그럼 한국인은 매일 김치 먹어?

> 응

?????

한국인에게는 김치를 위한 냉장고가 있습니다.

당연히 매일 먹는 김치.

해외여행 가면 내가 얼마나 김치 없이 못 사는 사람인지 깨달을 수 있음.

울렁 울렁…

김치… 김치 내놔!!

이젠 김치 없이는 무엇도 싹 내릴 수가 없다.

김치는 매일 먹어도 질리지 않을 정도로
수많은 종류로 나눠지고

상상하는
모든 것이 존재한다!
K-김치…

샤인머스캣
김치.

토… 토마토
김치!

있어.

있다고!

김치마다의
베스트 조합들도 존재한다.

배추김치는
라면

열무김치는
냉국수

겉절이는
수육

묵은지는
찜

깍두기는
국밥

총각김치는
맨밥

야밤에 맨밥에
먹어야 맛있음.

그리고 파김치!

짜장면을 모티브로 만들어진
인스턴트 짜장라면.
짜장면을 먹고 싶은데
그럴 수 없을 때
대체재로 먹어야 할 것 같지만

시무룩..

새벽이라 배달도
안 되고… 이거라도
먹어야겠다.

파김치는 당연히 이거다.

짜장라면과 짜장면은
완전히 다른 음식이다.

되직하게 끓여다가 채소 기름을 둘러 슥슥 비비고

시작은 짜장면의
인스턴트화였지만

지금은 또 다른
특색을 가진
별개의 음식이죠!

튀기듯이 프라이한
반숙 계란을 얹어 툭,

꼬들꼬들한 면을
흘러나오는 반숙에 찍어

첫입을 후루룩

고소한 노른자가
짜장라면과
정말 잘 어울리네.

냠
냠

그리고 계란프라이를 잘게 찢어 그 위에 파김치를 척 얹는다.

짜장면은
단무지이지만

역시 짜장라면은
파김치란 말이지!

적당히 시큼하고 알싸하게 잘 익은 파김치가
달큼하고 꾸덕꾸덕한 짜장라면의
사이사이로 씹히며 아삭한 식감을 더한다.

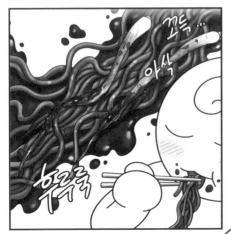

꼬득…

아삭

후루룩

단독으로 먹어도 맛있지만
여러 조합으로 더 맛있게 즐길 수 있는
짜장라면!

매운 라면과 섞어서
매운맛을 꾸덕꾸덕함으로
중화시켜주기도 하고

짬뽕라면과 섞어
해물 짜장라면으로,

그리고 내가 가장 좋아하는
옥수수 짜장라면으로도!

톡톡
톡
톡

옥수수는
달콤하면서도 톡톡 터지고
치즈는 고소하고 느끼해…!

달고 느끼하기 때문에
매운 팽이버섯 요리와
같이 먹으면 두 배로 맛있다.

느끼할 즈음
땀이 날 정도로 매운
팽이버섯을 곁들이는 거지.

우적
우적
하아아

안 어울릴 것 같지만 의외로 맛있는
참치 짜장라면도 있다.

고소한 참치 기름으로
윤기 나게 코팅을 해주니까

엄청 촉촉하고
맛있어…!

짜장라면을 끓일 때 고추참치를 넣고
채 썬 깻잎을 올려주면 색다르게 맛있는
짜장라면 완성!

짜장라면은 이렇게 많은 조합이
생길 정도로 라면 중에서도 독보적인
캐릭터와 수요를 자랑하다 보니

요즘은 꽤나 맛있는 짜장라면들이
우후죽순 생겨나는 것 같다.

와! 이런 것도
나왔어!

이거 한번
사볼까요?

개인적으로 짜장라면의 맛이
갈수록 진해지고 있다는 것이
정말 마음에 듭니다.

발전하라
짜장라면이여.

짜장라면
끓이러 가야지!!

 밤마다 남편이 짜장라면을 끓여줘서 괴로워요.
이러지 말아야 하는데… 하면서 결국 짜장라면을 맛있게 먹고 있습니다.

쿠키

여러분 그거 아세요?

쿠키는 사서 먹어야 합니다.

쿠키는 베이킹 난이도가 어렵지 않아 누구든 쉽게 만들어볼 수 있다지만

따끈 따끈

실제로 직접 만들어보면…

어… 이게 맞나…

아… 내가 너무 단 쿠키 레시피를 봤나 보네.

설탕을 조금만 줄여보자.

레시피
담백한 버터 쿠키

줄였더니 구운 밀가루 덩어리가 되었다.

…

그렇다고 설탕을 정량대로 넣으면 내가 넣은 설탕의 양을 알기 때문에 마음 놓고 먹을 수가 없다.

……

심지어 그렇게 설탕을 때려 넣었는데도 별로 달지 않다.

이것이 바로 내가 좋아하는

'달지 않아 좋은 디저트'…
(설탕 과다)

모르고 먹는 게 약일 때가 있습니다.

와삭…

그래서 쿠키는 사 먹어야 하는 것이다.

버터와 설탕, 박력분
그리고 베이킹파우더에
이런저런 재료들을 섞어
다양한 맛이 있는
무난하고 흔한 디저트인 쿠키.

과자로 판매되는
많은 제품들이

쿠키 형태를
띠고 있기도 하고

빵집이나 카페에서도
가장 쉽게 볼 수 있죠.

심지어 미국에서는 굽지 않은 반죽째로 그냥 먹기도 한다.

쿠키 도우

?????

꾸준히 인기라는
쿠키 도우 맛
아이스크림

생각 외로
맛있다…!

무난한 디저트인 만큼
무수히 많은 종류가 있지만

사람들의 취향은 크게
세 가지로 나눌 수 있다.

| 촉촉 | 바삭 | 쫀득 |

여러분은 어떤 식감을
가장 좋아하시나요?

어릴 땐 분명히 촉촉하고 꾸덕꾸덕하며 초코칩이 가득 박힌
달콤하고 두툼한 쿠키가 좋았는데

스모어
쿠키

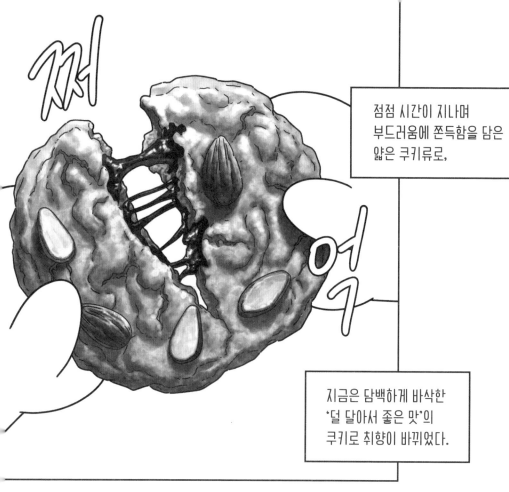

점점 시간이 지나며
부드러움에 쫀득함을 담은
얇은 쿠키류로,

지금은 담백하게 바삭한
'덜 달아서 좋은 맛'의
쿠키로 취향이 바뀌었다.

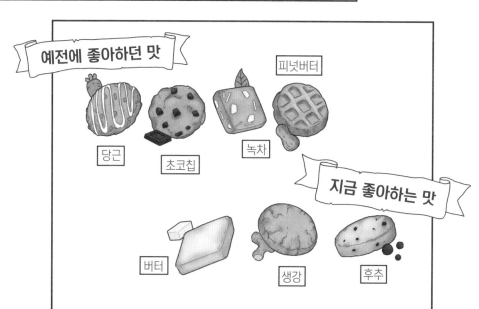

바삭! 하고 부서지며

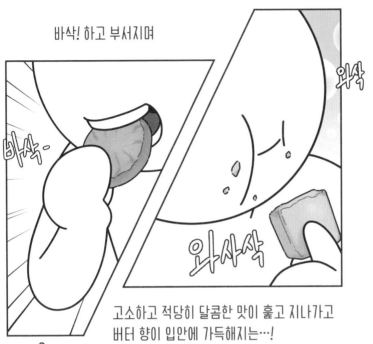

고소하고 적당히 달콤한 맛이 훑고 지나가고
버터 향이 입안에 가득해지는…!

짭짤한 치즈 맛도
곁들여지면 더 좋다.

시간이 지날수록
여러 가지 맛의
쿠키보다는

좋은 버터를 쓴
담백한 쿠키가
맛있게 느껴지는 것
같아요.

이게 바로 튜닝의 끝은
순정이라는 건가.

<이렇게 먹어봅시다>

  두툼하고 촉촉한
쿠키는 우유와

  바삭한 버터쿠키는
홍차와

  쫀득한 쿠키는
커피와

 부숴서
아이스크림 토핑으로

요즘은 사르르 녹는 치즈 맛 랑그드샤 쿠키에 꽂혀 있어요.
씹지 않아도 부드럽게 녹아내리는 맛이 좋아요.

국밥

든든함의 상징 국밥.
요즘은 가격이 많이 올랐지만

돼지국밥
9000원

전에는 든든함에 비해
가성비 좋은 가격 때문에
이런 밈까지 생겨나기도 했었다.

오늘은 햄버거나
먹을까?

그거 먹을 바에
뜨끈~한 국밥에
밥 한 공기 든든~하게
말아 먹고 말지!

국밥 빌런

물론 가격에 비해 많은 양을
먹을 수 있다는 뜻의 든든함도 있겠지만

국밥의 든든함은
진하게 우러난 국물을 마시면
속이 풀리며 배 속이 따뜻하게
차오르는 든든함이 아닐까 싶다.

국밥은 말 그대로 국에 밥을 말아
나오는 것이 원래의 형태였지만

국물을 붓고
다시 따라내고
또 부어가며

밥알의 사이사이로
국물이 잘 배어들 수
있게 하는 토렴 방식

요즘은 밥과 국이 따로 나오는
따로국밥의 형태가 보편적인 듯하다.

그냥 들기 뜨거운
공깃밥을 맨손으로
척 놓아주신다.

그래서 고민하게 된다.

!!!

밥을 말까…?

말지 말까…?

말아 먹자니
밥에서 나온 전분기에
국물의 맛이 탁해져서

국물의 맛을 제대로
즐기지 못한다는
점이 아쉽고

그냥 따로 먹자니
묘하게 든든한 느낌이
들지 않아 아쉽고…

여기에는 단순한 해결책이 있다.
따뜻하고 찰진 흰쌀밥에 오징어젓갈, 국물의 건더기를 함께 먹고

후우

후..

밥을 말지 않은 상태
깔끔한 국물도 즐겨야

밥이 반쯤 남았을 때 국물에 밥을 만다.

이렇게 반 정도만 말 때가 국물에 전분기가 적당해져서

너무 끈적거리지 않고 맛있어요.

밥을 말기 전에 부추무침과 들깨 한 스푼, 다대기를 약간 넣고

짠맛이 부족하다면 새우젓 조금

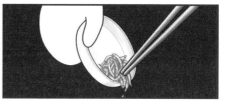

숨이 죽은 부추 향과 들깨가 국물에 잘 어우러져서

돼지고기 국물 맛을 더 깔끔하고 구수하게 해주네.

깍두기도 올려서 한입.

아-

좋은 국밥집의 기준은 깍두기가 정합니다.

사카린을 쓴 깍두기라 집에서는 맛보기 힘든 깔끔하고 시원한 맛!

아삭

아삭

깍두기 국물 넣어줄까요?

응!

시큼한 맛이 추가되니까 그것도 또 좋아.

크으~

탁!

안 그래도 무수히 많은 종류가 존재하는 국밥인데

돼지국밥 순대국밥 소머리국밥

콩나물국밥 북어국밥 수구레국밥

매생이 굴국밥 선지국밥

국밥을 먹는 방식도 가지각색이어서인지

후추와 소금 들깨 새우젓

다진 마늘 다진 고추

부추무침 깍두기

다대기 면 사리 추가

36

국밥은 더 든든하고
먹어도 먹어도 질리지 않는다.

이렇게 국밥에 대해 만화를
그리고 있자니

아… 갑자기
전주식 콩나물국밥에

오징어젓갈, 김까지
척 얹어서 한입에 와앙 하고
먹고 싶다…!

일일 국밥 빌런이 된 작가였다.

오늘 저녁
피자 먹기로
했지요?

피자 먹을 바에는
뜨끈한 국밥 먹고 말지.

… 제발요.

ㅋㅋㅋ

맛있어~

전주식 콩나물국밥에 대파김치를 올려 먹었던 기억이 나요.
처음 먹어보는 대파김치가 국물과 어우러져 정말 맛있었는데…!

분홍 소시지

맛있는 음식을 떠올리면

그… 거기
버거집 있잖아.

아, 거기!
○○역 옆에.

맞아 맞아.

그때의 장소, 분위기, 온도… 습도…

진짜
맛있었지…

그때, 우리 노을 질 때
버거 먹으면서
창밖 구경했죠.

맞아요.
포근하고
좋았지.

이런 것들이 같이 떠오른다.

그래서 맛있는 음식에는 추억이 담긴다.

역 근처에서
먹은 부리토

시장에서
먹은 튀김

밤 공원을
거닐며 먹었던
타코야키

시간이 지나고 보면 모두 추억이지만

찰칵

이때
기억나?

멀쩡하게
찍어줘요.

추억의 음식이라고 하면
역시 어린 시절에 먹던 음식이
생각나기 마련이다.

캐릭터 모양
돈가스와

튀긴 라면에
양념치킨 소스를
발라주던 라면땅

옛날
과자들

그리고 추억의 음식 하면
대표적이라고 할 수 있는
추억의 옛날 도시락에는
계란프라이와 볶음김치,
그리고

계란물을 묻혀서 부쳐낸
분홍 소시지가 있다.

내 추억은 아니어도 추억의 음식이라고 하면

부모님 세대의 추억

괜스레 포근해지는 기분이 든단 말이지.

소시지라는 이름을 가지고는 있지만

분홍소시지

다진 육류로 만든 보통의 소시지처럼

치익···

씹으면 뽀득뽀득하고 탱글한 식감에

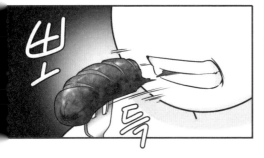

뽀

득

육즙이 펑 하고 터져 나오면서 짭짜름한 기름과 고소하고 풍부한 맛이 입안에 진하게 남는···

그런 맛과는 전혀 다르다는 것이
분홍 소시지의 특징!

뭐야 이거…?
소시지 맞나?

담백~

밍밍~

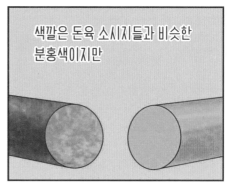

색깔은 돈육 소시지들과 비슷한
분홍색이지만

실상은 이쪽에 더 가깝기 때문이다.

어육
소시지

비슷

해요

돈육 소시지를
상상하고 먹었을 땐
밍밍하고 이상했던 맛이

이상하게 어육 소시지라는
생각을 하고 나서는
담백하고 부드러운 게
맛있기만 하네.

상 상 상

분홍 소시지를 어슷 썰어
밀가루를 묻히고 계란물에 푹 담가

기름을 두른 팬 위로
지글지글 소시지전을
부쳐 먹는 게 정석이지만

으아…
냄새 좋다…!

나는 식사보다는 왠지
안주 느낌이 좋다!

송송 동그랗게 썰어서

충분히 두른 기름 위에 올려
튀기듯이 지지고
짭짤한 맛이 좋게 소금도 조금.

영화를 한 편 틀어놓고 안주처럼 먹는다.
술을 전혀 못하기 때문에 콜라나 탄산수로!

겉은 바삭바삭 짭짤하고

파삭...

크으...

속은 사르르 녹는다.

이제는 내 추억의
분홍 소시지가 된다.

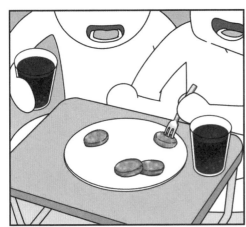

영화를 보며 어떤 점이 재밌다
잡담을 나누고 소시지 한입,
기름기는 콜라로 씻어주고 하다 보면

 분홍 소시지를 튀기듯 구울 때 소금과 함께 설탕도 솔솔 뿌려주면 단짠으로 맛있게 즐길 수 있어요!

카레

카드 내역을 확인했다.

엑…!

왜 이렇게 돈이 많이 나갔지?

월급 특=들어온 건 기억나는데 나간 건 기억 안 남.

이상하다… 나는 뭔가 사면서 행복함을 느끼는 타입이 아닌데.

생일 선물 뭐 필요해?

필요한 거? 없는데???

이 많은 돈은 누가 썼단 말인가.

역시나 내가 쓴 돈이 맞았다.

아 ㅋㅋㅋㅋㅋ 음식을 사면서 행복함을 느끼는 타입은 인정이지.

곤식당	17000
구카페	12000
	8000
멍멍빵집	11500
말랑디저트	4700
편의점	4000

왜요 카드값 많이 나왔어요?

헉…!

요즘 바쁘다고 음식을 거의

해 먹지 않아서 그런 게 아닐까.

요즘은 밖에서 밥 한 끼 먹고 커피 한잔 마셔도

이 정도는 나오니까요.

식당 13,000
카페 6,000
=19,000

집에서 좀 먹을 때가 됐지.

끼익

하며 냉장고를 열어보니

…!!!!!

가득

가득

으아… 악…

이건 언제 산 거지?

이건 여보가 인터넷 후기 보고 낚여서 샀다가 맛없어 안 먹은 거네요.

이건 엄마와 동네 할머니들이 하나둘씩 가져다주신 채소들이고.

또 쿨타임이 완료됐다.

[냉장고 파먹기] 스킬의
쿨타임이 완료되었습니다.

좋아, 오늘부터
일주일간은
냉장고 파먹기다!!

카레는 강하기 때문에

어떤 재료를 넣어도 어김없이 카레가 된다.

카레가
또 이겼다…!

K.O.

???

냉동실에서 오래 묵은
신선하지 않은 고기를 넣어도

카레에 넣으니까
잡내가 안 느껴져.

막입

나는 잡내가
뭔지 몰라용.

어울리지 않을 것 같은 과일을 넣고
만들어도

냉장고 안에서
썩어가던 사과

먹다가 조금 남은
파인애플

의외로 달콤하고
맛있네요.

맛있어서
기분이 이상해…!

심지어 다크초콜릿도 넣는다.

으악;;;

몰라. 넣으면
맛있어진대.

맛있어
맛있어!

솔직히 뭐가
다른지는 잘
모르겠지만

'좀 특별하고
맛있는 것 같다'
라는 기분이 가미된
카레가 되었다.

적은 양의 다진 고기와
양파만 넣은 카레

채소만 넣고
만든 카레

남은 채소의 양이
애매하거나
종류가 부족해도
카레는 언제나
다채롭게 맛있다.

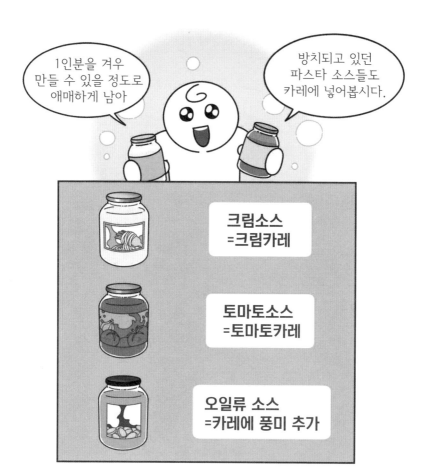

방치되고 있던 파스타 소스들도 카레에 넣어봅시다.

1인분을 겨우 만들 수 있을 정도로 애매하게 남아

크림소스
=크림카레

토마토소스
=토마토카레

오일류 소스
=카레에 풍미 추가

어떤 재료든 넣어 뭉근하게 끓여 낸 카레를 흰쌀밥, 배추김치와 함께 식탁에 올린다.

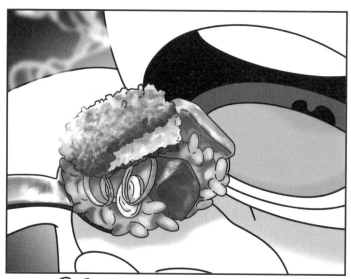

처치 곤란한 재료들로
대충 끓였다기에는
너무 즐거운 맛이야.

따끈하고 뭉근한 질감이
목으로 넘어가는 기분이 좋네.

나는 조금씩 먹을 만큼만
살짝 비벼 먹는 게 좋더라.

한 번씩은 흰쌀밥도 카레도
따로 먹어보기도 하고,

… 그렇군요!

카레는 많고
밥은 적게,

또 밥이 많고
카레는 적게
비벼보기도 하고요.

일단 비비고
보는 타입이구나.

그렇게 며칠 후

설마 오늘도
카레인가요…?

오늘은
카레 우동!

냉장고를 파고 또 파도
도저히 줄어들지 않는
카레였다.

제발
그만…!!!

저는 카레를 끓일 때 토마토소스와 함께 바질페스토도 한 스푼 넣어요.
풍미 가득한 카레를 먹을 수 있답니다!

새우 머리

엄마에게 말린 멸치를 받았는데

갖다가 좀 먹을래?

주면은 먹지~

쓰담

별의별 게 다 들어 있었다.

기다란 생선

게

새우

꼴뚜기

와 이게 다 뭐야.

심지어 바다 벌레까지!

으악 벌레…!

징그러웠지만 잠깐 생각해보니

겉이 딱딱한가?
다리가 많은가?
더듬이가 있는가?

으...

새우나 가재도
익숙해서 그렇지

외형만 보면 별반
다를 것도 없고 말이야.

해산물을 별로
접하지 못하던
예전의 몽골에서는

까악!

새우를 바다 벌레로
인식해서 기피하기도
했다고 하고~

뒤적 뒤적

(그냥 골라내고 먹기로 했다.)

얼마 전에는 미래 식품으로
각광받고 있다는 밀웜을
먹어볼 기회가 있었는데

눈을 마주치니까
먹기가 좀 힘들어요.

오븐에
구운 밀웜

참고 입에 넣어봤더니
구운 밀웜에서
익숙한 맛이
나는 것이다.

이런…
말린 새우랑
맛이 비슷하잖아!

바사삭

이 정도면
합리적인 의심이 든다.

???

벌레는… 선입견을
한 꺼풀 벗기면
맛있을지도 몰라.

이거
괜찮네.

머리만 대놓고
보이지 않으면

벌레도 맛있게
먹을 수 있을지도!

하지만 그렇게 생각하면서
새우 머리 튀김 과자는
즐겁게 먹고 있었다.

?

새우구이 집에서 신선한 새우를 구워
맛있게 먹고 나니 버리는 줄만 알았던
새우 머리가 버터구이로 나왔었다.

새우 머리
버터구이입니다.

모락

와아아…!

모락

그런데 이거…
먹을 게 있긴 한가?

라고 의심했던
새우 머리 버터구이는

위 껍질을 한 겹
벗겨 내고 먹는다.

딱딱한 것 없이 바사삭거리며
고소한 버터 향의 짭짤한 맛으로

몸통 부분보다
훨씬 맛있는데…?

우와아

라는 생각까지 들게 만들었다!

그 후로는 집에서 새우를 먹게 되는
일이 있으면 머리를 버리지 않고
꼭 버터구이를 해 먹는다.

남기지 않고
먹을 수 있다는 게
정말 좋아.

지글…

앱

어느 날은 마트에 갔는데
새우 머리로 만든 과자를 발견했다.

앗!
이거…

사보자!

사보자!

알았어요.

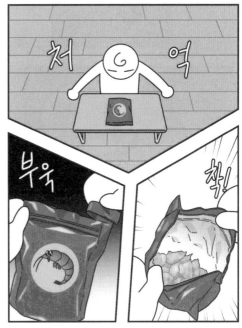

처   억

부욱

착!

파사삭한 식감에
짭조름하고

새우가 조금 함유된 게 아닌
진짜 새우를 튀겨서인지
진한 새우 맛이 확 하고 퍼지네.

이런 건 또
그냥 먹으면
아쉽지!

후추 톡톡,
파르메산치즈를
솔솔 뿌려서

맛있게 새우 머리를
먹고 있자니
이런 생각이
드는 것이다.

건플레이크

보통은 이런 모습으로 상상되지만

쇼핑을 좋아하는 아내

아내를 기다리느라 지루한 남편

우리 집은 반대다.

기 빨려서 죽어가는 아내

쇼핑을 좋아하는 남편

저기 한 군데만 더 돌아봐요.

나 그냥 차에 있을게.

차에 있을게…!

사람 많은 곳은 왠지 피곤하고 불편하다.

틱뎀 뭐지?
저주 지역인가…?

번화가에서 시끌벅적하게 노는 것보다는

이런 게 좋다.

조용한 곳에서 산책하며
어떤 꽃이 폈나 들여다보고

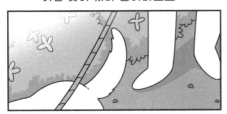

새소리를 듣고 헤엄치는 물고기를
보고 있는 게 좋다.

구름을 보고
노을을 보며
색이 어떻다
모양이 어떻다
말하는 게 좋다.

저거 봐요
줍줍이 구름.

누군가에게는 재미없고 지루한 취미이지만

같은 장르를 공유해주는
배우자가 있어서 좋다.

그런 남편이 가져온 취미, 별자리 보기.

생각지도 못했던 행성들도
잘 보이고 말이지!

관심이 점점 생겨나다 보니
천문 이벤트까지 찾아보게 되었다.

모두 잠든 새벽, 건물도 없고
가로등도 없는 깜깜한 곳으로 가서

돗자리를 편다.

펄

럭!

반짝 하고 지나가는 별똥별도
있는 반면에

어! 한 개
보였어.

어디?

슈우우웅 하고 길게 떨어지는
커다란 별똥별이 보이기도 하고!

슈

우

이 정도면 소원 한 개 빌기
성공할 수 있겠는데.

그거 말할 시간에
빌었겠다.

보고 있자니 딱히
좋아하지도 않는
별사탕이
생각나더라.

부서진 별사탕이
하늘에서 톡톡
튀는 것 같아요.

별사탕
먹고 싶다고?

비유를
모르시네.

쏴

아아..

맛있는 시리얼은 많고 많지만

가끔은 이런 게 당긴다!

건플레이크

여보가 이런 걸 어떻게 아니…

건빵

유○브에서 봤어!

건빵 안에 들어 있는 별사탕은 단순한 설탕 맛이라 그다지 좋아하지 않지만 이게 있어야 건플레이크를 맛있게 먹을 수 있지.

건빵과 별사탕은
봉지째로 두드려 알맞게 부숴주고

잘 부서진 건빵 위로
흰 우유를 쪼르륵

마지막으로 별사탕을 솔솔 뿌려 잘 섞는다.

그냥 바로 먹어도
바삭해서 좋지만

째각 째각

우유가 부서진 건빵의
틈 사이로 잘 스밀 때까지
1분 정도 기다리면…!

튀김 건빵 과자로
해 먹으면 더 맛있다.

촉촉하고 부드러운
건플레이크 완성~!

냠…

!!!

겉은
바삭하고

속은 우유를
머금은 빵처럼
사르르 녹아…!

가끔씩 다 녹지 않은
별사탕이 바자작 씹히는 것도
식감이 풍부해져서 즐겁다.

사르르 녹는 카스텔라와
밑에 붙은 설탕 같아.

그나저나 배가 빨리 꺼지는
다른 시리얼들이랑은 다르게

건플레이크는
배가 정말
든든해진다니까요.

당연하죠.

칼로리가
이렇게나
높으니까.

건빵

총 내용량 100g
410kcal

…!!!!

알고 싶지
않았어요…

건플레이크는 무조건 튀김 건빵으로 만들어서 먹어보세요!
보통 건빵보다 겉이 바삭거리는 식감이 오래 남아서 정말 맛있어요.

채식만두찜

이사를 했다.

식구가 많으니까 이제는 이사도

사람이 할 짓이 못 되는구나.

죽겠다…

새집은
수납 공간이 부족해서
입지 않는 옷과 물건들을
모두 정리하게 됐다.

살쪄서 못 입는 옷들이 이렇게나 많아요.

하하하!!!!

나도네.

하하하하하!!!

사실 다시 빼서 입어야지라는 생각으로
계속 가지고 있었던 옷들이지만…

이제 그런
것 같아.

그걸 이제야
알았나요?

행복한 부부는
살이 찐다는 말로
위로를 해봅시다.

쭈왁

……

쫙

그나저나 이렇게 안 입는 옷과
안 쓰는 물건들을 정리하다 보니

난 이런 걸
왜 산 걸까…?

냉장고에도
버릴 게 많네요.

이 소비로 내가
얻고자 한 것은
무엇이었던 걸까.

이런 생각이 들고 만 것이다.

소비를
잘 하지 않는다고
생각했는데도
모아놓고 보니

나란 생물은
쓰레기를 어마어마하게
만들어내는구나…!

앞으로는 쓸데없는
소비를 줄여봐야겠어요…

응 이제 음식도
먹을 만큼만 사고
먹는 게 좋겠어요.

지구야
미안해…

그런 의미에서
오늘 저녁은
환경에 좋은 요리로

먹을 수 있
만큼만 만들

남기지 말고
먹어보자고요!

소화기가 망가진 인간에게
간헐적 채식은 정말 이롭다.

위장병
달고 삶.

꾸륵…

나약하군…

고기=배탈
유제품=배탈
콩=배탈

채식이라고 해서
생채소 위주로 먹는 건 정말 싫지만

토끼 밥이냐!!

채식

사실 우리는 생각보다 많은 채식을 하고 있다!

맛있는 도토리묵 무침도
미나리전도,

분식에서 빼놓을 수 없는
채소튀김,

산채비빔밥까지
모두 채식인걸!

그리고 그중
가장 간편하고 맛있어서
좋아하는
채식만두와 채소찜.

통통하고 아삭한
숙주나물을 가득 깔고

그 위로 알배추, 단호박,
여러 종류의 버섯,
청경채와 두부 등을 올린다.

채소만 먹는 건 아쉬우니
남기지 않고 먹을 수 있는 만큼의
채식만두를 곁들여야지.

난 세 개.

난 일곱 개.

뚜껑을 닫고 찜통에서
푹 쪄주기만 하면 간단하게 완성!

초간장과 칠리 소스,
땅콩 소스를 작은 그릇에 덜고

뚜껑을 연다.

맛있겠다···!

푹 쪄진 채소 향이
정말 향긋해.

배추와 다른
채소들을 집어서

칠리 소스를 콕.

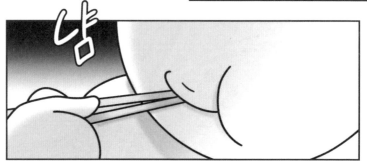

으음…!

달콤하게
입안에서
스르륵 녹아.

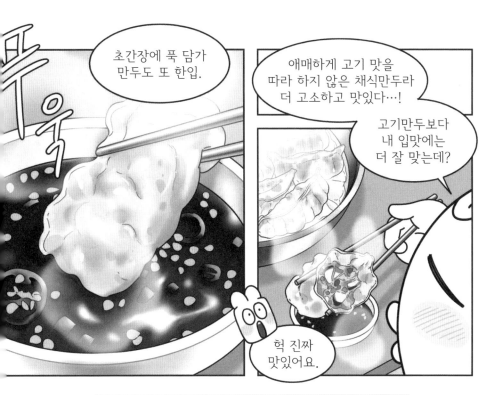

초간장에 푹 담가
만두도 또 한입.

애매하게 고기 맛을
따라 하지 않은 채식만두라
더 고소하고 맛있다…!

고기만두보다
내 입맛에는
더 잘 맞는데?

헉 진짜
맛있어요.

맛있는 채소찜을 다양한 조합으로 먹다 보면

섬유질을 잔뜩 섭취해서인지
배탈이 나지 않는 하루였다.

채식만두는 놀랍게도 특유의 냄새나는 만두 트림이 나오지 않아요.
그래서 약속 전에도 맘 놓고 먹을 수 있답니다!

소떡소떡

목과 허리가 아파서
정형외과에 갔다.

(만 나이)

스물여덟~??
이게 스물여덟 살의
뼈 상태입니까?

10이 제일 아픈 수치라고 하면
지금 통증은 1부터 10까지
어느 정도예요?

음…
2에서 3…?

파스 같은 것도
안 붙이고?

파스는 한 달에
15만 원어치 정도…

크럽 8!!

8!!!

건강관리에 도수치료가 추가됐다.

저는 운동도 꾸준히 하고 물리치료도 항상 받는데 왜 자꾸 이러는 걸까요.

따당콩!

두어 시간 운동하고 열 시간 넘게 나쁜 자세로 있을 거잖아요.

……

도수치료를 받고 집으로 가는 길

힘 빼세요.

뚜둑…!

너덜

너덜..

여보 힘드니까 맛있는 거 해 먹자. 맛있는 거

뭐가 먹고 싶었어요?

퍼뜩!

엄청 좋아하지만 평소에 참느라 못 먹는 거 하면 이거지~!

소시지

떡

음…

마트에서 산 떡과 소시지를 데치고

보글

보글

꼬치를 준비해서
순서대로 하나하나 꽂는다.

내 뼈도 이렇게
예쁘게 새로

꽂을 수 있다면
좋을 텐데…

그러게
말입니다.

떡과 소시지를 번갈아 끼워
기름에 튀긴 후 양념을 발라 먹는
소떡소떡.

어릴 땐 그냥
떡꼬치뿐이었는데
세상이 많이
발전했구나.

집에서 튀길 땐 주의가 필요하다.

다 덤벼.

아 덤비라고.

양념은 분식집 치킨 양념보다
살짝 더 매콤하게 만들어서 바르고

위에는 허니머스터드를 스르륵 뿌린다.

앗 뜨!

으이구.

기름에 튀긴 거라
입술에 화상 입을지도
모르니까 조심해야죠.

뜨거울 때 먹으면 이렇게 떡이 쭈우욱 늘어나는 게 좋은걸…!

적당하게 매운 치킨 소스의 맛이

얼얼,,

달콤하고 알싸한 허니머스터드와 잘 어우러지네.

치킨 소스만 바르거나

케첩이랑 허니머스터드만 발라주면 확실히 좀 아쉬운 맛이 나는 것 같아요.

떡은 쫀득쫀득하고
소시지는 짭짤하니
기름지며 고소하고!

따로따로 하나씩
떼어 먹는 것도

한입에 두 개씩
베어 무는 것도 좋아.

이렇게 먹고 있자니 드는 생각.

떡꼬치에서
소떡소떡으로
발전했다면…

??? 음…!

이제는 소치떡이
나올 차례가 아닌가.

떡 안에 치즈가 든
소떡소떡도 있지만

적은 양의 치즈는
감질나고 왠지
아쉬우니까…!

그래서 만들어본다.
라이스페이퍼를 찬물에 불려 펼치고

반으로 자른 스트링치즈를 척!

돌돌 말아 쫄깃하게 굳을 수 있도록
잠시 두고

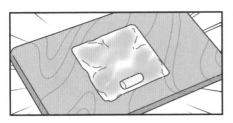

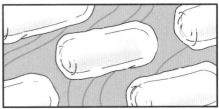

꼬치에 떡, 소시지,
스트링치즈 순서로 꽂아
기름에 지글지글 튀겨주면
소치떡 완성…!

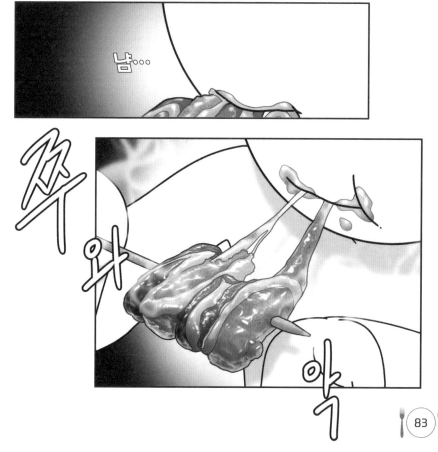

떡도 쭈우욱 치즈도 쭈욱 늘어나서 정말 쫀득하고 맛있어…!

라이스페이퍼를 튀겨내니까 겉은 살짝 바사삭거리고 속은 분모자처럼 쫀득쫀득해요!

맛있다… 맛있어…!

맛있어!!!

그렇다면 이제…

맛살도 넣은 소치떡맛!

그리고 맛있는 순대도 더한 소치떡맛순!

김말이도 넣어서 소치떡맛순김!

김치볶음밥도 라이스페이퍼에 말아서 튀겨볼까?

그만… 그만해…

아무리 맛있어도 적당히 먹는 게 제일 좋습니다.

결국 내가 다 먹었잖아요…

소떡소떡을 매일 먹고 싶지만 그렇게 하면 건강이 망가지겠죠…?
왜 몸에 나쁜 건 매일 먹고 싶은 걸까요 ㅠㅠ

우동

언제나 마스크를 끼고
다녀야 하는 일상의
좋은 점 딱 하나

코로나 유행 후
단 한 번도 감기에
걸리지 않았다는 것!

아직 코로나도
안 걸림.

슈퍼 유전자는 아니다.
그냥 슈퍼 집에서 나가지 않은 자다.

히히
좋다잉~

그런데 환절기가 되고 무덥기만 하던 날씨가

으~
덥다.

밤이 되면 급격하게 쌀쌀해지고 나니…

좀…
으슬으슬한데?

감기 기운이 덮쳐오기 시작했다.

나 날씨가 추워져서
감기 오는 것 같아.

이렇게
더운데요?

에이
설마…

라고 하기엔
여보 찜질 매트 위에
줍줍이가 올라가서
내려오질 않고 있네요.

언젠간…
따뜻해지겠지…

거봐! 나만 추운 거
아니라니까!

이렇게
으실으실한 거
그냥 두면

감기 걸리기
딱 좋다고!

헉…

따끈…!

그럼 감기약을
미리 먹어버릴까?

아니요
우동 먹을 거임.

으실으실한 거
싹 내리는 데엔
역시 우동이지!

찰싹

아픈 거
맞음?

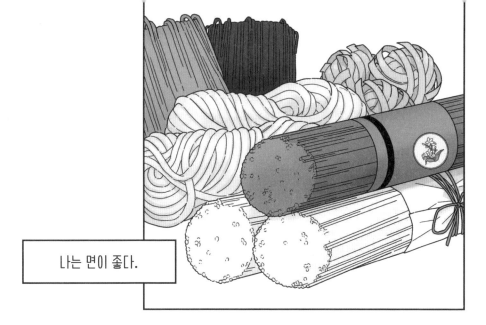

나는 면이 좋다.

호로록 빨아들이면
국물을 머금은 면이 입안에 착 감기고

이내 목구멍 안으로 스르륵 넘어간다.

가장 좋아하는 면은 우동면!

두툼하고
쫄깃하기까지
하다니

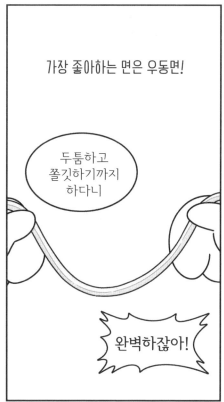

완벽하잖아!

정말 잘 만든 우동면은
가는 가래떡처럼 쫀득하다.

삶기 전 흐르는 물에 헹궈
전분기를 뺀 후

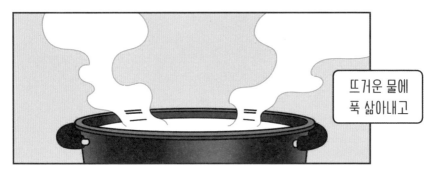

뜨거운 물에
푹 삶아내고

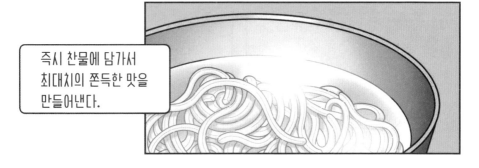

즉시 찬물에 담가서
최대치의 쫀득한 맛을
만들어낸다.

쫀득한 면의 맛을 온전히 즐기기 위해,
차가운 쯔유를 부어 먹는
붓카케 우동을 가장 좋아하지만

더움과 추움의 경계,
아직 적응해내지 못한
추움이 밀려올 때

밤에는 얼고
낮에는 녹고

황태 제조국다운
날씨다.

그런 환절기 때만큼은
이 뜨거운 우동이 끌린다.

뜨거운 국물에 살짝 불어
쫀득한 맛은 덜하지만
후루룩 밀려오는 따끈함에,

툉퉁한 면발이 입안에서
서서히 부풀어 오르는 듯한
기분 좋은 포만감.

붓카케 우동에서는 바삭한 맛을
더해주는 고명이었던 텐카스도

* 텐카스: 튀김 부스러기

뜨거운 우동에서는 퉁퉁 불어서
입안에서 부드럽게 퍼지며
국물과 튀김에서 나온 기름이
맛깔나게 어우러진다.

그리고 간장에 달콤하게 졸여진
유부 고명을 한입,

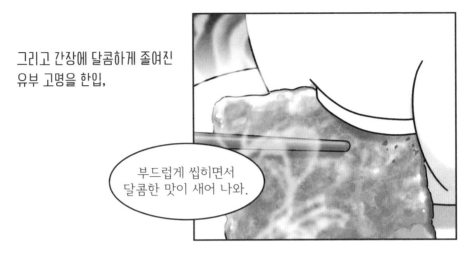

부드럽게 씹히면서
달콤한 맛이 새어 나와.

면과 함께 또 한입에 먹고

바로 국물을 들이마시면

환절기의 쌀쌀한 기운은 가고
다시 따끈한 기운이 돈다.

아…
좋다.

그렇네요.

감기 기운도 떠났으니
내일부터는
다시 냉우동이다!

면을 직접 만드는 식당에서 꼭 잘 만든 붓카케 우동을 먹어보세요.
내가 알던 우동면과는 전혀 다른 맛!

감자칩

딸기 맛 우유에는 딸기 과즙이
1%도 들어가지 않았지만
딸기 향을 첨가한 것만으로도
우리가 딸기 맛을 느끼는 것처럼

함량을 보면
딸기를 담았다
뺀 것 같은데

딸기 과즙 함량 0.35%

어떻게 딸기 맛이
나는 걸까요.

우리는 다양한 감각을 사용해서 음식을 먹는다.

비주얼로 먹는
음식이 있는가 하면

향으로도
즐기고

소리로 먹는 음식도 있기 마련이죠.

바다포도 ASMR
조회수 12,028회 2022.0.0

나에게는 이게 감자칩이다.

포슬포슬하게 쪄서 설탕과 소금을 쳐서 먹으면 든든하고 포근한 맛이 좋은 감자.

숟가락으로 이렇게 푹푹 으깨 먹는 게 좋아.

포슬

포슬

하지만 감자를 가장 맛있게 먹을 수 있는 조리법은 역시 뜨거운 기름에 겉이 바삭해지도록 튀겨내는 거지!

지글지글지글지글지글지글지글

지글지글지글지글지글지글지글

프렌치프라이처럼 겉은 바삭 속은 포슬포슬하게 두 가지 식감을 즐기는 것도 좋지만

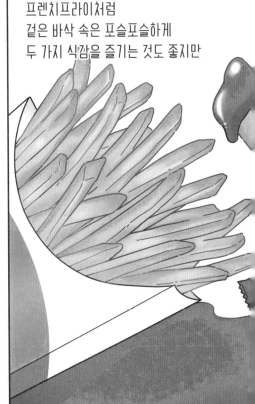

광고에서 매번 소리를
부각시킬 정도로
맛깔나는 소리가 나는
감자칩은
감자 요리 중에서도
유난히 참기 힘들지!

동의어=질소칩

종잇장처럼 얇은 감자칩이
입안에서 콰자작 하고 깨지면
짭짤함이 입안에서
퍼지는 것이 좋다.

유난히 사랑받는 과자여서인지
감자칩은 다양한 맛이 존재하지만

짭짤한 맛

매운맛

단맛

신맛

?!

그중 짭짤한 맛의 감자칩은
샌드위치나 볶음밥, 샐러드 토핑으로도
다양하게 사용할 수 있는데

뭐어? 볶음밥에 감자칩을?

꺄악

이거 우유에 밥 말아 먹기랑 동급 아니냐.

사실은 굉장히 흔한 조합이다!

인도네시아의 볶음밥인 나시고렝과 곁들여 먹는 크루푹

새우 과자와 비슷한 맛이 난다.

마늘을 얇게 썰어 튀겨낸 마늘 플레이크는 볶음밥에 흔히 사용되기도 하지요.

라이스페이퍼를 튀겨서 볶음밥 위에 뿌리기도 합니다.

떡볶이 위에도 뿌려보세요!

베이컨과 계란, 양파와 원하는 채소를
조금 넣어 데리야키 소스로 볶고

볶음밥이 완성될 즈음
감자칩을 마구 부숴 넣고 마저 볶아준다.

감자칩볶음밥 완성-!

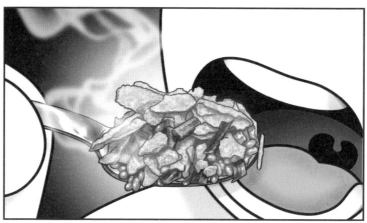

음.

데리야키는 달콤하고
감자칩은 딱 짤짤하게
간이 맞아요.

엇! 맛을 보니까
전혀 생소하게
느껴지지가 않네?

그치?

짭짤함은 기분 좋게
온몸에 퍼지고

쫀득한 볶음밥에
기분 좋은 바삭거림.

뜨거운 열기에
눅눅해져버린 부분도
고소해서 좋은걸.

영화 보면서
든든하고 싶을 땐

감자칩 말고
감자칩볶음밥은
어떨까요?

볶음밥을 감자칩 위에 올려 먹는 것도 맛있어요. 숟가락 대신에 감자칩으로!

샤오롱바오

예전에 운동하다가 다친
손목 염좌가 재발했다.

병원에서 약을 타서 먹어도,

물리치료를 받아도 한 달간 소용이 없었는데

한의원에서 하루 만에 통증의 80%를 줄여줬다.

맙소사… 이것이 동양 의학의 신비.

사진 찍어야지.

그 이후로는 한의원을 자주 가게 됐다.

오늘은 또 어떤 고슴도치가 되어볼까.

의욕적인 모습 아주 좋아.

신기하게도 배가 아프다고 해서 배에 침을 맞지 않는다.

여기 누르면 아프세요?

허억 네네. 너무 아파요.

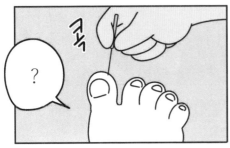

?

같은 자리를 다시 눌러보겠습니다.

헉…! 하나도 안 아파요!

맞은 건 발인데???

침을 맞을 때마다 얼굴을 찡그리게 돼서
얼굴이 점점 가운데로 몰려가는
느낌이 들지만

으

으

으

으

으

맞고 나면 개운해서
또 오는 걸 참을 수 없다.

나 한의원이랑
잘 맞네…

한약도 좀
먹어보는 게
어때요?

그럴까?

그렇게 며칠 후
한약을 받으러 와서
주의사항을 듣는데

술이랑 카페인
드시지 마시고

네.

너무 찬 음식,
아이스크림
자제하시고

네.

너무 맵고 짜서
자극적인 음식도
안 돼요.

네에…

밀가루도
안 되고

네에…?

유제품도
될 수 있으면…

그… 그만…!

다 끊으면
한약 안 먹어도 건강해질 수
있을 것 같은데.

라는 생각이 들었다.

그리고 기름기 많은 고기,
특히 돼지고기 줄여주세요~

딱히 고기 구워
먹는 걸 즐기지
않는 편 이라 이건
상관없겠다.

(아주 가끔 먹음.)

라고 생각했지만

있었잖아!
밀가루 반죽
피 사이로

상관이 있었다.

돼지고기 기름기가
맛있게 흘러나오는
음식이…!

으아
아

저런

대만에 놀러 갔을 때 친구와 함께 먹어보고는

와…
충격적인 맛.

와…
뭔데.

두

근
!

정말 좋아하는 음식이 된 샤오롱바오.

얇은 만두피 안에 찰랑거리는 육즙이
그대로 보이는 샤오롱바오는

만들 때 젤라틴을
굳혀 넣는다.

찢어지지 않도록
조심히 들어
숟가락 위에 얹고

젓가락으로
피를 살짝 찢어서…

쏟아져 나오는 육즙을 먼저 마신 후

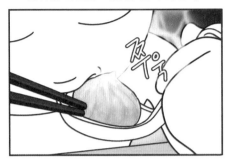

와…

따끈한 육즙이 너무 담백하고 깊다.

시큼한 생강채를 두어 개 집어 샤오롱바오 위에 얹는다.

아아

이걸 먹기 위해 나는 태어난 걸까.

요 근래 먹은 것 중에 제일 맛있어…!

기름지고 고소한 돼지고기소와 시큼한 초생강이 얼마나 잘 어울리던지!

생강이 싸~악 잡아줍니다.

풍덩

그 후로는 맛있는 걸 먹어서
기분 전환하고 싶을 때 정말 많이 찾는
음식이 되었다.

오늘은 게살
샤오롱바오와
새우 시우마이
먹을래.

그런데 한동안
먹지 못하게 되다니…

아련...

한약 다 먹으면
샤오롱바오 먹으러 가요.

그러자.

의외로 대단한 동기가 됐다.

얼른 먹고 샤오롱바오
먹으러 가야지!

쭈와압

이렇게 자극적이고 맛있는
음식들을 참고 참다가
첫입에 딱 먹는
샤오롱바오 육즙은 얼마나
맛있을까요?

뭐랄까,
긍정적이네.

역시나 기대 이상으로
맛있었습니다.

샤오롱바오를 먹기 위해 또 여행을 가고 싶어요.
전 세계 음식을 가까이에서 먹을 수 있다면 얼마나 좋을까요?

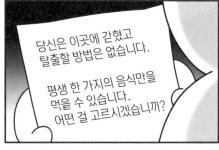

라는 상황이 된다면

어떤 음식을
고르면 좋을까?

평생 먹어야 하는
단 한 가지의 음식…

그럴 일 없는데
꼭 상상해야
하는 거야?

어이 어이
중요하다고.
언제 저런 일이
생길지 몰라!

영양 밸런스도
맞아야 하고

맛도 당연히
훌륭해야 하고

먹어도 먹어도
질리지 않을 수 있는
그런 음식…

이거다…!
샌드위치!!!

으…

평생을 먹어야 한다면
힘들지도 모르지만
샌드위치는 실제로
한 달 동안 먹어본 적이 있다.

사회 초년생인 데다 돈은 없고,
편의점 음식에 속이 망가져가고 있을 때

이러면 안 될 것
같은데…!

마트의 대용량 제품들을 싸게 사다가
샌드위치를 만들어 먹었었다.

샌드위치용
식빵 묶음

커다랗고
저렴한 햄

대용량
체다치즈

그리고 빼놓을 수 없는
양상추와 청사과

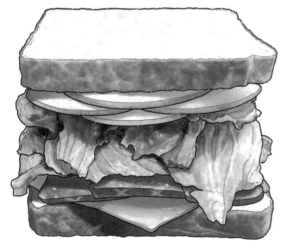

식빵 위에 체다치즈를 올리고
구워낸 햄, 양상추,
슬라이스한 청사과 순서로
쌓는다.

유산지로 잘 감싸서 칼로 잘라주면 손에 들고 먹기 편한 샌드위치 완성!

고소하고 담백한
식빵에 짭짤한 치즈와 햄,
아삭아삭한 양상추,

상큼하면서
또 달콤한 청사과의
조합이 좋아.

이렇게 먹는 샌드위치는
소스가 없는 편이

재료들의 짭짤하고
상큼한 맛이 잘 느껴져서
오히려 더 잘 어울리지.

돈을 아끼려고 먹었던
샌드위치지만 먹을 때마다
꽤나 행복해지는 기분을
느낄 수 있었다.

한 끼로 계산하면 당시
편의점 도시락보다
조금 싼 정도

한 달 내도록 먹어도
이상하게 질리지가 않네.

지금도 샌드위치를 만들 때는
청사과를 꼭 넣는다.

불고기 샌드위치

칠리새우 샌드위치

이 상큼한 맛이
없으면 안 된다니까.

이렇게 나는 샌드위치로도
매일 식사를 대신할 수 있지만
막상 샌드위치를 자주 먹지는 못하는데

지하철 샌드위치
먹으러 가자.

정색

…!

그 이유는 종구 씨가 보편적인
치즈와 생채소가 들어간 샌드위치를
별로 좋아하지 않기 때문이다.

치즈 맛이
나는 것도 싫고

생채소도
영 별로고

든든하지 못한 점은
식사로 완전히 불합격.

그럴 땐 베트남 요리 식당으로 가서
베트남식 바게트 샌드위치인 바인미와
쌀국수를 시켜 함께 먹는다!

돼지고기가
들어간 바인미

우와아…

고수는 빼고
시켰어요.

프랑스식 바게트와는 달리
쌀가루를 섞어 딱딱하지 않고
포근한 식감을 주는 빵은,
씹을수록 고소하고 쫀득해서
여느 빵 같지 않게 든든하고

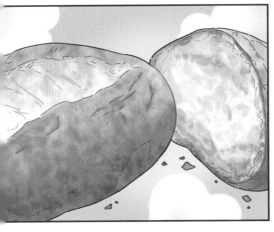

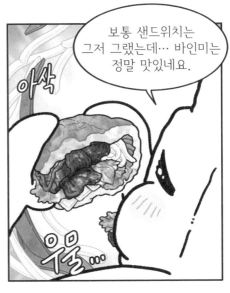

보통 샌드위치는
그저 그랬는데… 바인미는
정말 맛있네요.

아삭

우물…

상큼하게 초절임된 무와 당근채는
입맛을 확실하게 돋운다.

스리라차 소스를 뿌려서
살짝 매콤하게 먹을 수
있다는 점도 정말 좋고

이런 샌드위치라면
매일 먹을 수 있을지도!

물론 여보가
만든 것도.

정말?

다음에는 고수
조금만 넣어서
같이 먹어볼까?

오, 바인미에는
잘 어울릴 것
같아.

함께 공유하는 음식의 범위를
넓혀가는 부부였다.

 아삭아삭하고 상큼한 청사과는 샌드위치에 들어가는 피클처럼
부족했던 신맛을 맛있게 끌어올려줘요!

화과자

나는 남매가 있다.

오빠

언니

나

남매라고 해서 별건 없다.
그냥 마주치면 괜히
기분이 언짢아지는 정도.

어.

어.

아.

반갑긴 한데
썩 반갑지는 않다.

여하튼 남매들과 나는 상당히 다른 성향을 가졌는데

외향적
에너지를 외부에서
얻음.

내향적
에너지를 외부에
빨림.

그래서 그런지 나는 어려서부터
적당히 편안한 걸 추구했던 반면에
언니와 오빠는 상당히
꾸미는 걸 즐겼던 것 같다.

친구와 잠깐 만나고 오려고 해도

……

그러고
나가?

왜 뭐
이게 왜.

어 진짜 이상하고
고데기로 나
뒷머리 좀 눌러봐.

셔츠 뒤에도
좀 펴봐.

…?

물론 꾸미고 다니는 언니 덕분에
완전히 후줄근하지는 못했다.

그러고
다닐 거면

어디 가서
내 동생이라고
말하고 다니지 마!

나도 어디 가서
그렇게 말하고
싶지 않아.

그 강해 보이는
어깨는 뭐냐
진짜.

대충 이런 식으로 밖에 내보내지곤 했다.

잔소리 잔소리 잔소리

이제 가!

내동 대

언니가
해줬지.

언니가
해준 거다!

ㅇㅇ…

그런데 크고 나서 옛날 사진을 보니
남들이 하란 대로 하고 다니는 게
낫구나 하는 생각도 들더라.

음식도 물론 맛이 가장 중요하지만
정갈하고 예쁜 비주얼로
먼저 눈길을 끄는 음식들도 있으니까!

… 이게
낫긴 하네!

호오…

결혼 후에는 더 편안함을
추구하게 되고 있지만 말이다.

남편과 차를 마시러 여기저기 다니다 보면
요즘은 화과자를 파는 가게를
어렵지 않게 만날 수 있다.

불편한 걸
뭐 하러 입니.

화장을 귀찮게
왜 하니.

그지 꼴~

궁금했는데
한번 먹어볼까요?

좋아!

그치?

색색이 화려하고
여러 가지 모양과 맛이 가득한-

와… 정말
예쁘다.

굉장히 달다는 소리를 들어서
걱정하며 한입 먹었는데

생각보다 다양하고 섬세한 맛이 가득했다!

단것도,
거의 달지 않은
것도 있고

식감도 맛도
굉장히 많은 종류가
있었네요.

겉은 쫄깃한 찹쌀떡에
안에는 곶감과
견과류가 들어

은은하게 단감
맛이 나는 것도,

쪄낸 밤을 곱게 뭉쳐서
계피 향을 더한 것도 있고

이건 앙금에
유자 향을 더했네…!

화과자는 화려한
외형에 비해서는
의외로 심심하니 부드러워서
강하지 않은 맛이지만
그래서 차와 더 잘 어울린다.

사실 엄청 달 줄 알고
씁쓸한 차를 시켰는데
예상 밖이야.

또끈…

예쁜 모양이 뭉개지는 걸
아쉬워하며 하나하나 천천히
맛을 보고 있자니

… 아까워서 먹기
힘들지 않아요?

정성 들여 만든 걸 먹는다는 생각에
더 맛있게 느껴지기도
하고 말이지.

뭐랄까 좀
우걱우걱 먹으면
안 될 것 같아.

조금씩 천천히
먹어야 할 것 같아.

그런 게 어딨음?
내 입으로!

아 나
잠깐만.

아- 좋은
휴일이네요.

집에 가서
일할 거잖아.

… 그치.

즐거운 경험이 되는
음식이었습니다.

뭔가 기분
좋아지고 싶을 때
먹으면 전환이 될 것
같아요.

다음에는
다른 맛으로
먹어보자.

눈으로 보기만 해도 맛있는 음식이 있다면 바로 화과자가 아닐까 해요.
어떻게 저렇게 예쁜 걸까요?

팥빙수

무더위가 끝나고
적당한 따뜻함과
갑자기 한 번씩 찾아오는
살을 에는 쌀쌀함이
공존하는 시기.

지금이 바로
가을 옷을
꺼낼 때…?

지금은 환절기 시즌이다.

낮-더워서 반팔

아, 하나만 하라고
하나만.

밤-애매하게 추워서 플리스

오히려 무더위에서 갓 벗어나
따끈한 음식이 슬슬 생각나기 시작한
이때야말로 빙수를 향한 사람들의
발길이 뚝 끊긴다.

그리고 이때야말로 빙수의 판매량이
급락할 때.

차가운 빙수는
추운 겨울에

가장 판매되지
않을 것 같지만…

노우!

슬슬 붕어빵
당기지 않냐.

슬슬 타코야키
당기는데.

추운 겨울에는 오히려
추위에 익숙해져버려서
차가운 음식 정도는
아무것도 아니기 때문이다.

애애!!

애애!!

나를 죽이지 못하는 것은
나를 강하게 만들 뿐.

그래서 나는 요즘 같은 때
빙수를 먹으러 간다.

미어터지게 앉아서
먹는 빙수가 아니라

편안-하게 천천히
즐기며 먹을 수 있는
빙수가 좋아.

물론 이렇게 되면 곤란하지만.

여름 시즌이 끝나
빙수 판매 종료합니다.

안 돼…!

팥을 직접 쑤는 빙수 전문점에 가면
사시사철 빙수를 먹을 수가 있다.

팥을 직접 끓이는 곳이라
겨울이 되면 단팥죽 메뉴가
생겨나는 그런 집

팥빙수

단팥죽

새하얗고 보드라운 우유얼음에 너무 달지 않게 잘 쒸진 팥,
그 위에 얹어진 쫀득한 인절미.

다 비비지 말고 숟가락으로 조금씩
푹푹 퍼 먹으면 달콤하고 고소하며
입안에서 사르르 녹는 그런 맛을
즐길 수 있다.

그리고 가끔은

맛있지만…
아쉽단 말이지.

뭐가?

요즘은 다
우유얼음 빙수라서

그냥 얼음 빙수가
먹고 싶을 때가 있어요.

사르르 녹는 우유얼음의 포근한 맛도 좋지만
가끔은 그 갉작한 질감의 얼음이 목구멍으로
시원하게 넘어가는 느낌이 그리울 때가 있다.

그럼 만들어서
먹으면 되지!

빙삭기는 또
언제 샀대?

이거 꼭
해보고 싶었어요.

각얼음을 갈아내고

와자자자자작

콰자자자자자작

연유를 충분히 솔솔,

좋아하는 과일과 콘플레이크를 올린다.

나는 통조림 옥수수가 들어간 빙수가 좋더라.

오잉??

↑ 빙수와 굉장히 잘 어울림.

팥과 쑥인절미를 올리고 아이스크림도 한 스쿱!

두근!

두근!

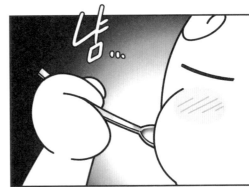

갈치구이

게임을 시작하기 전 나오는 난이도 설정 창

게임 난이도

쉬움　보통　어려움

??

두

웅...

어...
뭐 하지.

쉬움을 고르는 건

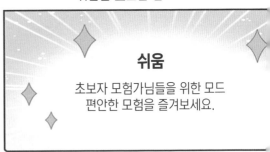

쉬움

초보자 모험가님들을 위한 모드
편안한 모험을 즐겨보세요.

왠지 용납할 수가 없다.

바보야.

겜 허접.

ㅋㅋㅋ

응 그래~

말
다 했냐?

최고로… 어려운 모험으로 간다!

매 순간 한계에 부딪히는 피가 튀는 모험!

그 고난의 끝에 기다리는 값진 성취감!

하지만 곧 30을 바라보는 지금

말랑~

난이도 설정 변경

쉬움

아이 번거로워.

왜 이렇게 바뀌었냐 하면 간단하다.

일할 에너지… 남겨야 합니다…

예전에는 도무지 이해할 수 없었던 방치형 게임도

방치형 게임을 왜 하는 거지?

흑흑-

흑

방치할 거잖아.

지금은 이해할 수 있다.

방치할 수밖에 없지만 게임은 하고 싶었던 것이로구나.

흡…

게임을 하는 기분만큼은 느끼고 싶었던 것이로구나.

도전을 좋아하는 하드모드의 나에서

하하!

간지럽구나!

꿀 빨기를 원하는 이지모드의 나로 진화했지만

번거로운 거 싫어용.

진화 맞냐? 퇴화인 듯.

아직 놓치고 싶지 않은 번거로움이 있다.

제주도로 놀러 온 지인과 함께 왕갈치구이 식당으로 갔다.

우와앗…! 진짜 크다.

사진 찍어요 사진!

찰칵

찰칵

하하.

맛있겠다…!

깜짝!

어어
부담스러운데.

????

왜
안 가시지…?

다 찍으셨나요?
이제 드시겠어요?

네… 네네!

직원분은 엄청난 속도로
갈치 뼈를 바르기 시작했다.

촤촤촤촤촤

촤촤촤촤촥

와, 뼈 다 발라주신다.
왕 편하다~!

아, 안 돼…
나의 번거로운
기쁨이…!!!

생선구이는 따끈한 온도가
식어가는 순간 급격하게
맛이 저하되기 시작한다.

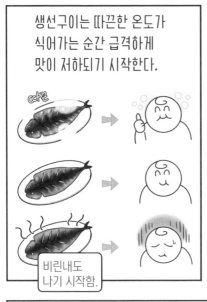

비린내도
나기 시작함.

아직 생선에서 나온 지방이
뜨거운 온도에 액체로 남아 있을 때,
그때야말로 비리지 않고 고소한
기름기를 충분히 느낄 수 있다.

미리 다 발라놓으면
식어버려서 맛이
떨어진다고…!

물론 맛있게 먹었지만 말이다.

평소에 먹던 거랑
두께부터가 다르다
그렇죠?

와, 엄청
단단하고
맛있어.

두툼하고 큰 갈치는 그대로
왕소금을 뿌려 굽는 것이 맛있지만

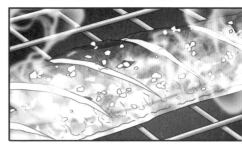

얇은 갈치는 튀김옷을 살짝 입혀
튀기듯이 굽는 걸 선호하는 편이다.

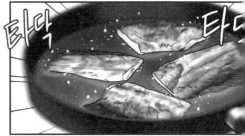

타닥   타다

겉이 바삭하고
고소해서
더 맛있지…

갈치구이의 윗부분인 지느러미 부분을
젓가락으로 잘 골라내고

지느러미가
바삭바삭해!

밑부분도 동일한 방법으로,

밑부분 내장은 먹지 않고

살 부분만 손으로 잡아 살살 발라 먹는다.

어우, 써.

기름지고
고소해…

쩝

쩝

이렇게 남겨진 부분은
가운데의 커다란 뼈만
발라내고 먹으면 되지.

껍질은
바삭하고

파스스 흩어지는
살들이 담백하고
또 고소하네…

이렇게
부드러울 수가.

밥 위에 올려 먹기 좋게
짭조름한 편이 좋다.

가끔씩 녹지 않은
소금 한 알이

입안에서
짜아악 퍼지는
그 느낌이 좋아.

이렇게 행복한 번거로움이 또 있을까?

뼈를 제거하고
요리한 갈치는
이 맛이 안 난다니까.

다음에 또
왕갈칫집에 가면
미리 말씀드려야지.

제가 직접
발라 먹을게요!

갈치구이에 올려진 소금 한 알만큼 맛있는 짭쪼롬함은 또 없을 것 같아요.
오늘 저녁에는 갈치구이를 먹어볼까요?

피자

대체로 운동은 가기가 싫다.

차 타고 나가기 귀찮아…

옷 갈아입기도 싫어…

꾸물..

벌레…!

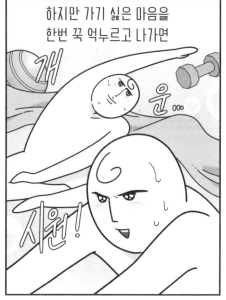

하지만 가기 싫은 마음을 한번 꾹 억누르고 나가면

개운…

시원!

이렇게 손바닥 뒤집듯 마음이 바뀔 것을 알고 있다.

아~ 역시 운동을 하고 살아야지.

활기찬 삶을 살 수 있습니다!

얄팍한 종이처럼 금방 뒤집힐 내 마음을
알기에 싫어도 참고 나간다.

운동 나가기 싫다고
진짜 안 나가면

밍기적~

더 기력 없고 힘든
하루가 되겠지.

차에서 내리기도
싫지만 운동 끝나면

아, 운동해서 개운하다
라고 생각하게 되겠지.

음식도 그렇다.

아, 건강에 좋은 음식
귀찮다. 언제 해 먹냐…

그냥 달달한 빵
사 먹으면 편할 텐데.

막상 요리를 시작하면 즐거워질 마음을 안다.

좋은 냄새…

와, 손맛 미쳤다.
팔아도 될 정도!

몸에 좋은 음식을 먹고 나면

하아

사람은 이런 걸
먹고 살아야 합니다.

속도 편안하고
왠지 개운한
기분!

식곤증도
없어!

구수한
옥수수차

하아…

피곤하지 않아서인지
카페인도 당기지가 않네.

그렇지만…

그렇지만…

가끔은 몸에 나쁜 걸 먹고 싶다.

식욕은 용수철 같아서 억누르면
억누를수록 더 크게 튀어 오른다.

입 터졌다…!

혈관에 기름을
들이붓고 싶어…!

짜아악

올리브오일,
코코넛오일은
이제 아웃!

기름다운
기름을 달라!

… 피자 먹을까…?

달고, 짜고, 기름지고, 탄수화물이 가득한…

꺄아악 너무 좋아!!!

피자 취향은 크게 세 가지로 나눌 수 있다.

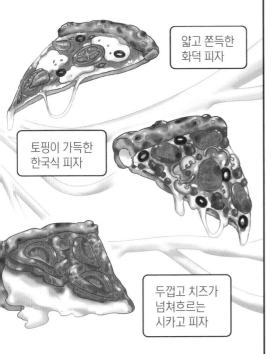

얇고 쫀득한 화덕 피자

토핑이 가득한 한국식 피자

두껍고 치즈가 넘쳐흐르는 시카고 피자

보통은 얇고 단순한 토핑과 맛있는 치즈를 올려 구워낸 화덕 피자를 좋아하지만

토마토에 바질 향 가득한 마르게리타가 맛있지~

참고 참다 먹을 땐 최대한 헤비한 음식이 당기는 법이다.

골드치즈크러스트 도우에 토핑이 쏟아질 듯 풍성하게 쌓인 피자가 먹고 싶다…

반반 다른 맛으로 시켜서 접어서 한입에 먹는 거야.

고구마무스와 치즈가
쭈우욱 늘어나는
크러스트를
디핑소스에 찍어 먹고

이번에는 피자에
핫소스를 뿌려서!

콜라로 입가심을 하다 보면
죄책감이 밀려온다.

아... 이...
이래도 되나.

내일부터는 다시
건강한 음식을
먹으면 되니까~

안녕 피자...

괜찮아요.
가끔 먹어야
더 맛있음.

아니야.

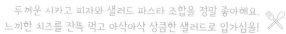
두꺼운 시카고 피자와 샐러드 파스타 조합을 정말 좋아해요.
느끼한 치즈를 잔뜩 먹고 아삭아삭 상큼한 샐러드로 입가심을!

호두과자

호두과자를 선물 받았다.

천안 갔다 오면서
사 왔어요~

와아!!
잘 먹을게요!

천안이면
거기죠?

우리 경기도에
살 때는 딱 이맘때쯤

추워서 몸이 굳고
뻣뻣해지면…

아프다.
싹 풀러 가자.

뚝

뚜둑

고속버스를 타고 천안에 있는 스파로 가서 재밌게 놀았었는데!

으어…

그랬었지…

어…

(재밌게 노는 중)

스파 끝나고 집에 가는 길에는 항상 휴게소 호두과자를 먹었잖아.

호두과자 냄새? 못 참지.

흥흥

여보가 호두과자 좋아하니까요.

난 그다지.

그때의 기억을 떠올리며 보자기를 열었는데 뭔가 이상했다.

이… 이게 뭐여.

와앙

이 킹 갓 고져스한 건 뭐여!

튀김소보로 호두과자

호두

뭐야 뭐야 나도 먹을래!

오돌토돌한 호두 모양을 반으로 쪼개보면 고소한 호두와 단팥 앙금이 가득 들어 있는 호두과자.

호두 축제가 열리는 천안의 대표 간식이죠.

어릴 땐 마트에서 살 수 있는 호두과자를 먹으면서 이런 생각을 했었는데

모양만 호두고 호두 맛은 하나도 안 나네?

에이

붕어빵도 붕어 맛 안 나거든.

실제로는 지역 특산물인 호두를 사용해서 개발된 음식이라니!

따끈...

거피한 팥으로 만든 백앙금 호두과자도 판매되고 있다.

처음으로 호두과자 전문점에서 먹어본 호두과자의 맛은 이제까지의 평범한 풀빵 이미지와는 달리 꽤나 고급스러운 맛이었다.

... 이제까지 가짜 호두과자를 먹고 있었어.

겉바속촉꽉!

그런 호두과자에
튀김 소보로를 입힌…!

아삭…!

오븐에 한 번 더 구웠다.

바삭한 식감에
속은 촉촉…

기름지면서 달콤하고
또 고소한…

예전에 좋아하던
생도넛 느낌도 나고
정말 맛있다…!

혹시 다른 맛이
더 있을까 해서
찾아보니까

요즘은 다양한
호두과자들이
만들어지고 있네요.

와, 이게
다 뭐야?

호두과자를
반으로 갈라
버터를 넣은

앙버터
호두과자

크림치즈를
넣은 것도 있고

팥과 크림치즈는
의외로 잘 어울리지.

겉에 초콜릿을
씌운 것도 있네.

빵과 팥앙금,
호두 조합이니까

이것저것
시도해봐도 모두
잘 어울릴 것
같아.

천안은 갈 수 없지만
집에 있는 재료로
더 맛있게 먹어봐요.

부스럭   부스럭

오리지널 호두과자는
호두를 먼저 떼어서
먹고

한입 베어 물어
바로 흰 우유를 머금는다.

냠...   꼴꼴

입안에서 흐늘하게
녹는 걸 기다렸다가
먹는 게 좋아...

오븐에 다시 데운 호두과자는
반으로 잘라 얇게 썬 버터를 넣어 먹고

버터의 고소하고
부드러운 맛이
따끈한 호두과자랑
잘 어울리네.

난 버터가
조금만 들어간 게
더 좋더라.

앙버터 버터 반
덜어내고 먹는 사람

호두 아이스크림을 잘라
냉동실에 잠시 뒀다 꺼낸
호두과자 가운데에 샌드해서!

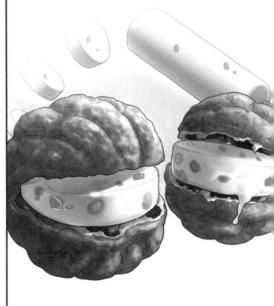

혁 정말
잘 어울린다!

빵은 부드럽고
아이스크림과
팥앙금은 함께
사르르 녹고…

맛있어
맛있어!

생크림에 굴려서
카스텔라 가루 묻히기

이렇게 먹는 것도
맛있을 것 같지만…

귀찮으니 맡기도록
하겠습니다.

튀김 소보로 호두과자는
달콤한 생강시럽에
한번 굴려서 꿀빵 느낌으로

갈색 설탕, 시나몬가루
잔뜩 묻혀서 한 번 더 구워주고
위에 크림치즈 프로스팅

진

지

팔아주세요.

내가 알던 맛이
업그레이드돼서
돌아온다는 건

썩 기분 좋은
일이구나.

바르게
성장했구나.

오늘도 만화 소재를 탓하며
맛있게 먹는 하루였다.

아, 이거
일 때문에
먹는 거야;

쩔 수 없네
쩔 수 없어.

호두과자에서 호두만 따로 빼서 먹는 것이 국룰인 거 모두 아시죠?

고구마줄기 고등어조림

유난히 도시에 적응 못 했던 나였지만

마음이 공허하구나…

공허할 땐 뭐다?

배달 배달

띠릭

도시의 쉽고 빠른 배달 시스템은 정말 좋았다.

배달 왔습니다~!

어우 편해!!!

어흐, 오늘은 시원하게 조개탕.

버블티에 누가크래커, 실론티도 10보 이내로!

감사합니다.

심지어 새벽에도 **시켜 먹을 수 있었지.**

이때가 지금보다 건강하고 날씬했던 게 미스터리다.

진짜 왜냐.

왜냐고 생각했지만 이제는 알 수 있다.

그때 조진 벌을 지금 주겠노라.

네? 에바이옵니다. 그때 주시지 그랬나이까.

건강은 후불 청구형 이니라.

여하튼 그렇게 도시의 편리함이 그리워질 때쯤…

터엉

배달 가능 지역이 아닙니다.

따흐흑…!

똑똑

우리집에도 배달이 온다.

이건 떡.

이건 호박 딴 거!

옥수수 쪄서 먹어.

아이고, 또 뭘 이렇게 많이 가지고 오셨대.

이사 가기 전 동네에서도 이웃들이
이것저것 챙겨주시는 것이 많았지만

옆 동네로 이사를 온 지금도
얼마 안 돼서 이것저것
챙김받기 시작했다.

고구마 가져가서 먹어라.

갓 낚은 고등어 나눠 먹어요.

옆집 할머니야~ 고구마줄기 무쳐다가 먹어!

친절하게 대해주시는
이웃들을 만나서
행운이라고 생각해요.

감사합니다…!

뭘 해 먹으면
좋을까요?

글쎄?

저녁으로 뭘 먹을까 생각하다가
좋은 생각이 났다.

매콤한 고등어조림에
고구마줄기,

무 대신 고구마를
두툼하게 썰어
넣으면 맛있겠는데…!

고구마줄기를 냄비 가장 밑에 깔고
자른 고구마, 고등어 순서로 올린다.

양념을 넣고

고춧가루　　다진 마늘
올리고당　　　　간장
고추장　　　　　맛술
된장 조금　간장　후추

오래도록 보글보글 졸여주면 완성!

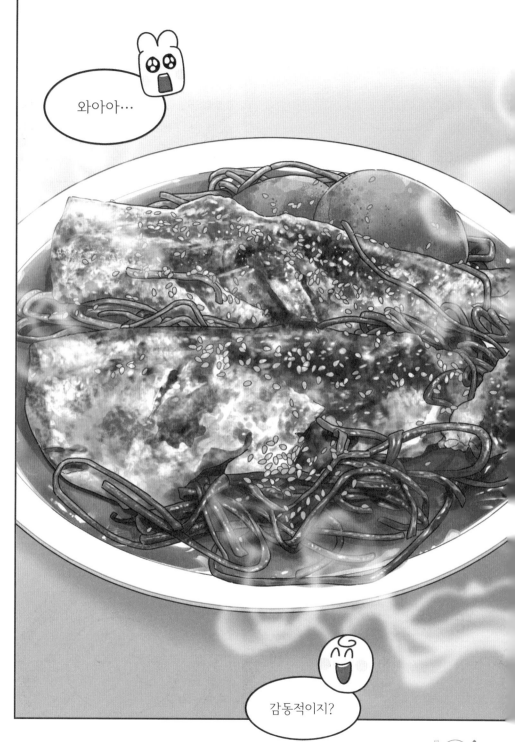

한 젓가락 떠서…

야들

야들~

냠…

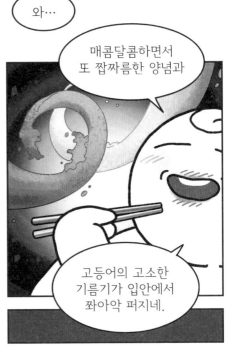

와…

매콤달콤하면서 또 짭짜름한 양념과

고등어의 고소한 기름기가 입안에서 좌아악 퍼지네.

생선조림은 약간 꼬들꼬들하고 고소한 현미밥과 먹는 게 좋아.

고구마줄기도 올려야지.

뜨끈

뜨끈

양념을 살짝 찍어서…

냠.

콕

고구마줄기는 부드럽고 쫄깃해서 고사리와 비슷한 식감을 낸다.

우물

우물

양념을 빨아들인 고구마는

짭조름하면서도 매콤달콤해요.

입안이 매워질 때쯤 된장미역국을 한입.

카…

이상할 줄 알았는데 고구마가 생각 외로 잘 어울리네요?

약간 감자조림 비슷하기도 하고.

그리고 매콤한 고등어조림을 가장 맛있게 먹는 방법은 양배추 쌈을 싸서 먹는 거지!

쌈장도 살짝 올려서…!

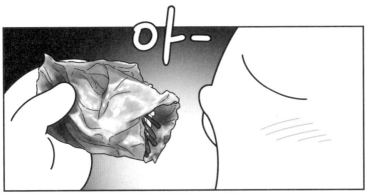

이렇게 만족스럽게 먹는 건 오랜만이야.

사 먹는 것보다 훨씬 맛있어요.

맛있게 먹었다면 이웃들에게 감사를 전하러 간다.

아이고! ㅎㅎㅎ

할머니! 카스텔라랑 포도 드세요.

고구마줄기 고등어조림을 해 먹고 너무 맛있어서 한동안 매일 점심에 고등어조림을 먹었어요.
매콤달콤하고 기름이 좌아악 흐르는 맛있는 고등어조림!

소고기톳밥

엄마가 해녀증을 땄다.

이제 제주도민이라면 꼭 듣는 그 질문을 들으면

드디어 이렇게 대답할 수 있다.

육지것!

쩌… 쩔타…!!!

왠지 제주도민으로서 할 수 있는 모든 것을 해금한 기분이라

뿌듯함이 몰려온다…

니가 딴 거 아니잖아.

Lv.99 본투비감귤

그렇지만 엄마는 해녀 중 제일 최약체! 80이 넘은 할머니 해녀들 사이에서 가장 늦게 물에 들어가서 가장 빨리 뭍으로 나오는 해녀다.

머쓱~

그럴 수 있죠.

골골 유전자가 여기서 왔구나.

개들과 함께 대정읍 해안 도로를
걷다 보면 돌고래와 함께 물질을 하는
해녀들이 보이는데

파도에
일렁이는 빛,

휘익~

휘익

들려오는
숨비소리,

뛰노는
돌고래…

감동적인
장면이야…

짝

짝

짝

이걸 우리
엄마가?

상상이 되지
않는다.

엄마도 돌고래
옆에서 봤어?

이 동네는
돌고래 안 와…

엄마도 숨
2분 참을 수 있어?

그걸
어케 함.

그럼 엄마는
뭘 잘 잡아?

긁적

음…

따

이거?

단-

밥을 지을 때 뭔가 넣어 짓는 걸
좋아하는 나는

콩나물밥

곤드레밥

전복밥

엄마에게 톳을 받으면 항상
소고기톳밥을 해 먹는다.

톳 된장무침을
해 먹어도 맛있지만

달콤한 배가 들어간
톳 된장무침

톳밥만 한 게
또 없지…!

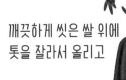

깨끗하게 씻은 쌀 위에
톳을 잘라서 올리고

간장과
마늘양념으로 볶은
소고기를 얹으면
준비 완료!

나머지는 밥통이 알아서 해준다.

취사가…♪ 완료되었습니다.

잘 섞어서…

푸슈 슉

들기름을 넣은 달래장을 얹으면 최고의 한 끼가 됩니다.

따끈

크…!

따끈

소고기의 기름진 맛과 톳의 바다 짠 내,
달래의 향긋함과 들기름의 고소함이
밥알에 배어들어

…!

(말을 잇지 못하는)

입안에서 조화로운 맛을 낸다.

때로는 달래장을
비비지 않은 채로
구운 김에 싸서
달래장을 얹어 먹는다.

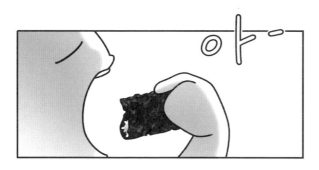

아-

든든…

뭐랄까… 내가
한 밥이지만

굉장히 대접받으면서
먹고 있는 느낌이랄까.

좋은 한정식집에서
솥밥 먹는 기분이야.

엄마가 따준 툿이어서였을까,
더 맛있는 식사였다.

엄마 물질
잘하네.

크~~~

해녀들이 내는 숨비소리는 휘이익- 하는 휘파람과 같은 소리로 부서지는 물결 소리와 함께 들려요.
실제로 들어보면 정말 아름답게 느껴진답니다!

배숙

조금…
오반가?

쌀쌀한 바람에 추위를 느끼며
롱패딩을 꺼내 입었더니

가장 먼저
입고 나온 자가
되겠다!

나만…
따뜻해?

거리를 걷다가 일찍
펴버린 벚꽃과 마주쳤다.

나만…
추워…?

괜히 부끄러워지는 것이다.

아니…?
얼마나 일찍
펴버린 거야.

요즘 꽃들
빠르다 빠르.

여보도 롱패딩은
너무 빨랐어.

나는 이 정도의
작은 추위에도
나약하게 굴었던
건가…!

나와 보니
나만 롱패딩!

여보 추위
정말 많이 탄다.

이제 별로
안 추운 것도
같고…

사실 감기에 걸리는 건
이미 예정되어 있었다.

그렇게 감기에 걸렸습니다.

얌전히 입고
있을걸…

끄으응…

언제나 마스크를 끼고 다녀야 하는
일상의 좋은 점 딱 하나

코로나 유행 후
단 한 번도 감기에
걸리지 않았다는 것!

아직 코로나도
안 걸림.

이래서 함부로
떠들고 다니면
안 됩니다.

'우동' 편 첫 번째 컷에
플래그를 꽂아놓았기 때문.

문제는 한번 걸리면 웬만해서 잘 낫지 않는
쓰레기 같은 면역력을 가지고 있다는 것이다.
으으…
쿨럭켈록켈록
케흐윽!!
뭐 해주면
빨리 나을까?
옛날에 해줬던 거
만들어줄래요?
남편과 아직 연애하던 때
감기에 걸린 상태로
데이트를 하러 나갔는데
여름 감기라니…
괜찮겠어요?
응. 이제
거의 나은 것
같더라고.
나가니까 열이 펄펄 끓기 시작했다.
아~ 정말
도움 안 되는
몸뚱어리…
어질~
일단 약부터 사서
우리 집으로 가자.
스윽
약 먹고 한참을 잠들어 있다가 깼더니

일단 입에 넣기!

한술 떠봐요.

쌱!

이… 이게 뭐야.

이 정체 모를 음식은 배숙이었다.

그새 도라지도 사다가 껍질 벗겨가지고 한 거야? 고생했네…

다 먹어요.

매워…!

근데 생강이 너무 많이 씹힌다…!

맛은 없었지만 정말 감동이었는데…

이번에는 맛있게 해줄게요…!

와아아…

짝

짝

배는 日등분해서 깎아 통후추를 박아 넣고

후추가 빠져나오지 않게 젓가락으로 한 번 더 눌러줍니다.

콕

콕

미리 꿀과 함께
끓여놓은 생강차에
도라지, 말린 대추를 넣어
배가 물컹해질 때까지
약한 불로 끓여주면…

목감기에 좋은 배숙 완성!

잣을 몇 개 띄워
따뜻하게
마시면 좋아요.

달콤한 생강과 배 맛에
후추가 들어가서인지

알싸해서 감기가
뚝 떨어지는 것 같아.

물컹해진 배는 대추와 생강 향이 잘 배어들어 맛있고

도라지는 달콤하게 아삭아삭,

가끔씩 씹히는 잣은 고소하니 잘 어울리네.

삼키면 배 속이 뜨끈해지는 느낌이 좋아.

향긋한 향과 정성 때문인지
노곤노곤해져 한숨 자고 일어나 보니

열은 계속 오르지만 배숙 덕분인지 목 아픈 게 한결 나아졌어요.

정말~?

남은 건 냉장고에서 차게 식혀
도라지정과와 함께 먹었습니다.

맛있어~!!

배숙이 더 맛있게 느껴지는 건 역시 사랑이 가득 담겨서일까요?

오트밀

못 먹어본 음식만큼 맛있게
느껴지는 것은 없다.

쩝…
맛있겠다.

요리와 세계
뉴질랜드편

어릴 적 읽었던 동화책 속에서
곰이 양상추를 처음 먹어보고
너무 달콤하고 맛있어서
허겁지겁 먹던 장면이 있었는데

마이쩡!

먹어뿌자!

얼마나 달콤할까 하고
기대했던 양상추가

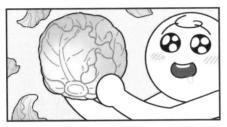

사실은 그냥 잎채소였다는 걸
알게 됐을 때는 정말 큰 배신감이 들었다.

> 그냥 상추보다는
> 좀 더 달긴 하지만…
> 그렇지만…!

영화 속에서 마녀가 마법으로
만들어주던 터키시 딜라이트도

또옥

상상과는 조금 달랐다.

> 이렇게 단걸 어떻게
> 그렇게나 많이 먹은 건지
> 이해하기 어렵군.

울

렁‥

> 너무 달아서
> 죽을 것 같은…
> 향수 먹는 기분…

소설이 영화화됐을 때 대부분
상상만큼 기대를 충족시키지 못하는 것처럼
음식도 상상 속에서 더 맛있는 것 같다.

상상　　　　　　영화

> 상상에서는
> 더 멋졌는데…

영화 속에 자주 등장하는
오트밀도 그랬다.

추위에 떨며
한참을 굶다가 발견한
산장 같은 곳에서

무뚝뚝하지만
마음만은 따뜻한
아저씨가 내어주는

따끈하고 고소한
오트밀 한 그릇…

오트밀 레이즌 쿠키도
고소하고 씹히는 맛이 좋은데

저렇게 먹는 오트밀은
무슨 맛일까?

바삭

분명 엄청 고소하고
부드러운 맛이 나겠지…

그렇게 처음 먹어봤다.

냠…

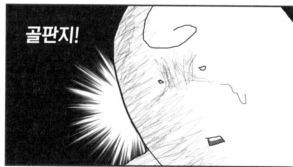

골판지!

아… 불려서
먹어야 한댔어.

내가
실수했네.

쪼록

물에 불린
골판지!!!

나는 사실 오트밀을
자판기 율무차 같은 맛으로
상상하고 있었다.

역시 상상할
때가 좋았다.

최소 마지노선이
누룽지였음.

하지만 요즘 다이어트식으로
흔하게 먹는다는
닭 가슴살 미역 오트밀죽과

죽으로 끓이니까
쫀득하고 몽글하잖아…!

요거트나 우유에 오트밀을 넣고
밤새 냉장고에 뒀다가
다음 날 꺼내 먹는
오버나이트 오트밀로
식감과 맛에 익숙해져가다 보니

견과류와 과일, 꿀을
곁들이면 맛이 좋다.

오트밀… 꽤 맛있구나…!

너무 흐물하지 않게 적당히 불렸을 때의

그 뻑뻑하고 꾸덕꾸덕한 식감이 은근히 중독성이 있네.

나중에는 시리얼 대신에 먹는 간편한 아침 식사가 됐다!

오트밀의 1회 권장량은 40g 정도인데

아빠 숟가락으로 네 번 뜨면 대충 40g이 됩니다.

보고 있으면 이런 생각이 들지만

네 숟가락을 누구 코에 붙여…

쪼금…

미쳤나 봐…

오트밀 위에 우유를 붓고 꿀을 한 스푼,

전자레인지에 근분 동안 돌린 뒤

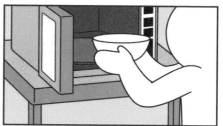

시나몬가루를 톡톡 뿌려 섞어 먹으면...!

따끈

따끈

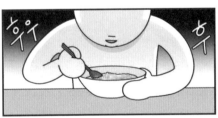

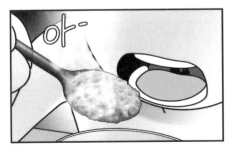

아...!

이게 내가 생각했던
영화 속 차가운 몸을
따뜻하게 녹여주는

바로 그
오트밀이구나...!

향긋한 시나몬 향에 부드럽고 몽글몽글한 질감이 느껴지는

타닥

타닥

고소하고 편안한 맛이야…

꿀 대신 생강청을 넣어 먹으면 약간 생강라테를 먹듯이 좀 더 향긋하고 부드럽게 즐길 수가 있다!

생강라테 좋아하시나요?

이렇게 조금 먹었는데 배가 부를 수 있다니.

든든 …

조금 먹었지만 밥 한 공기 칼로리

…?

역시 세상엔 공짜도

공짜 포만감도 없구나…

오트밀로 교훈을 얻어버린 날이었다.

모든 죽은 쌀 대신 오트밀로 끓여도 쉽고 간편하게 잘 어울려요! ✗

늙은 호박전

11월쯤이 되면
동네 여기저기에
늙은 호박이
주렁주렁 열린다.

그런 편이지.

할머니들은 다들
늙은 호박을 집에서
기르고 계시네요.

그래서인지 할머니에게 가도

컴온

호박 가져가.

동네를 돌아다녀도

컴온

컴온

호박이
실하다.

이 시기에는 무료 호박을 끊임없이 공급받을 수 있다!

할머니, 호박 집에 많아요.

안 주셔도 괜찮아요~

할머니 특-안 받으면 화냄.

가져가!!!!!

버럭

감사합니다…

먹고 또 가져가.

(괜히 사양할까 봐 억지로라도 쥐어주시는 듯)

할머니들의 관심과 애정은 너무 감사하지만 문제는 늙은 호박이 너무 커서 쉽사리 줄어들지 않는다는 점이다.

무침과 된장국으로 계속 먹어도 먹어도 줄어들지 않는다.

두 통을 겨우 먹었는데 다시 네 통이 늘었어요.

그래서 의무 호박무침 먹기를 실행 중이다.

밥 먹을 때마다 호박무침 열 개씩 먹어요.

나도 열 개 먹을게.

화장실을 잘 가게 된다는 점은 너무 좋지만

좀 다른 요리법으로 먹을 방법은 없을까…?

물리지…?

응…

호박죽은 가끔 먹어야 맛있고…

호박볶음은 무침과 별로 다르지 않아.

이건 어때요?

오…!!!!! 이거다!!!!

애호박은 전으로 흔하게 부쳐 먹었었는데

왜 늙은 호박은 부쳐 먹어볼 생각을 하지 못했을까?

호오…

경상도에서는 이렇게 많이 먹어요.

늙은 호박을 잘 잘라서…

잘라서…

낑으으으으 으…

호박이 왜 다이어트 식품인지 이제 알겠네.

먹기 전에 살 빠진다.

182

어찌어찌 자른 호박을 가늘게 채 썰고

소금을 조금 뿌려 섞어서 30분 정도 두면
호박에서 물이 생긴다.

추가로 물을 넣지 않고
그 상태로 부침가루나 튀김가루를
넣어 섞어주면 준비 끝!

익는 냄새부터
벌써 달콤해…!

맛있겠다···

늙은 호박이라
달콤한 맛이 날 테니까

초간장을
찍어서 먹어야지.

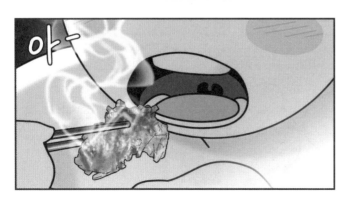

달쿵…

이거 진짜
맛있잖아!!!

피잉-

뭐랄까 호박 향이 감도는
달콤한 감자전 같아…!

바삭한 부분은
감자튀김 먹는 느낌이라
고소하고 맛있다.

들어간 재료라고는
늙은 호박밖에 없으면서

바삭하고 쫀득하면서
또 달콤하고 짭조름한…

초간장이 정말
잘 어울려요.

…!

할머니, 이거
먹어봐.

할머니도 좋아하는
전이 됐습니다.

늙은 호박전 반죽에 설탕을 추가해 단짠으로 먹으면 더 맛있어요!

호떡

영상 한 편 똑바로 볼
기력도 없는 어른은

이거 보는 게
뭐라고 피곤하냐.

머엉...

휴대폰 들기도 싫어서
이렇게 놓고 봄.

이런 쇼트 영상을 본다.

공장에서 아이스크림이
만들어지는 과정

수제캔디 자르기

유압프레스 영상

이게 뭐라고
나는 보는 걸까…

무지성이 편하다.

나는 아무 생각이 없다.

아 ㅋㅋ

텅

그중 요즘 빠져 있는 영상이 있다.

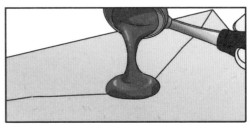

꾸

욱

사랑··

해··· 해보고
싶다···!

~실링 왁스 영상~

살까···?

낭비겠지?

너무너무 해보고 싶은데
딱히 편지 쓸 일도
뭔가 보낼 일도 없군··

몽글몽글한 걸
꾸우욱 누르는 쾌감이
있을 것 같은데…

아쉽

…!

사버렸다.

구매하기

꾸

욱

비즈왁스와 스탬프는
사지 못했지만…

이걸 샀다.

호떡믹스

호떡 누르개

따끈하고
몽글몽글한 것을
꾸우욱 눌러서

예쁘게 나온
모양을 확인하는…!

호떡 먹고
싶어졌냐고요?

쌀쌀한 때에
먹고 싶은 거
당연함.

집에서 호떡을 만들 때는 누르개가 없어서

항상 스테인리스 그릇 밑바닥으로 누르다가

호떡 옆구리가 다 터져버리곤 했었는데…

이번에는 호떡을 예쁘게 만들 수 있지 않을까!

……

똥손은 현질을 해도 똥손이었다.

누르는 나도 문제지만…

여보가 반죽을 팬에 얹어줄 띠

이미 예쁜 호떡은 글러먹은 게 아닌가 하는 생각이 드는데요.

뜨거울 걸 예상하고
후후 불어 한입 베어 물지만
안쪽 설탕 부분은 절대
식지 않는 게 호떡의 특징!

아악!!

고통은 끝나지 않는다.

아악!!

흡... 음
맛있다...

하나는 집으로 오는 길에 먹고 나머지는 접시 위에 올린 뒤 반으로 쭈욱 찢어다가

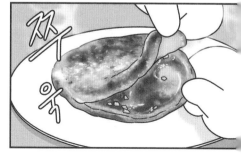

아이스크림을 넣어서 그대로 접어 먹는다.

약간 쌉싸름해서
더 좋은 녹차도

고소한 맛이
잘 어울리는 흑임자도

기본 중에 기본인
바닐라도 모두 잘 어울려.

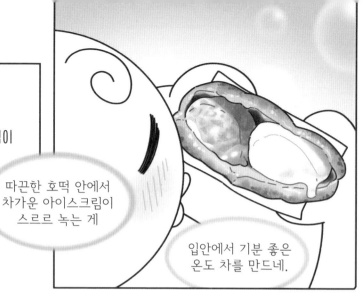

뜨거운 설탕이 쏟아져 나올 때 차가운 아이스크림이 입안을 시원하게 만들어준다.

따끈한 호떡 안에서 차가운 아이스크림이 스르르 녹는 게

입안에서 기분 좋은 온도 차를 만드네.

단점은 급하게 먹지 않으면 다 녹아서 흘러내린다는 점!

그냥 얌전하게 호떡 위에 아이스크림을 얹어서

포크와 나이프로 먹읍시다.

마무리는 속죄의 음료로.

정신을 차려보니 이렇게 돼 있었습니다.

안 돼⋯!

글레이즈드 도넛으로 만드는 버거처럼 호떡도 그 사이에 베이컨과 치즈를 넣어서 달고 짭짤한 베이컨치즈 토스트를 만들면 맛있을 것 같아요. 다음에 꼭 해 먹어봐야지!

계란 토스트

옛날 일본 만화 1화에는
지각을 한 주인공이
잼 토스트를 물고 뛰는
클리셰가 있었다.

-지각이다 지각

그리고 뒤이어 이런 상황이 발생한다.

윽…!

꺄악!

(꼭 부딪혀서 먹지도 못함.)

짜증 나는
덜렁이.

싸가지…

나중에 얘네
둘이 사귑니다.

나는 그걸 볼 때마다 이런 생각을 했다.

잼 바른 토스트를
입에 물고 뛰면

저런 일이
일어나지 않도록
토스트를 들고
뛸 때

이렇게 반 접어서
뛰도록 합시다.

보통 이렇게
되잖아…

휘잉

부딪힐 수밖에
없는 이유가 있음.

우리 집의 지각 음식은 보통
김 싼 밥이었다.

그냥 엄마가
김에 싸준 밥이지만
정말 맛있다.

아-

김치 몸통 부분을
한 조각 끼워주면 극락.

그리고 내가 직접 해 먹을 땐
피넛버터 젤리
샌드위치.

한쪽은 땅콩잼,
한쪽은 딸기잼 발라서
겹쳐 먹어야지.

피넛버터 젤리
샌드위치라는 걸
몰랐을 때지만

본능이 이렇게 먹으면
맛있다고 시켰다.

그리고 가끔은 계란을 넣어
반 접은 토스트였지.

팬에 마가린을 한 스푼 올려

식빵 한쪽 면을 굽고

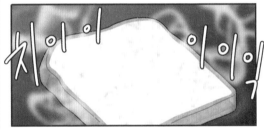

치이이   이이익

그대로 계란도 한 알 까서
완숙에 가깝게 익힌다.

반숙을 좋아하지만
식빵 안에서 노른자가
터지면 곤란하니까…

아쉽

케첩을 뿌려서 접으면

마가린이 묻지
않은 면이 밖으로
가게 접어 먹는다.

버스를 타러 가는 중에 걸으면서
먹을 수 있었다.

그런 기억 때문인지 가끔씩
마가린 냄새가 솔솔 나는 식빵에
완숙 계란이 올라간
이 케첩 맛 토스트가
먹고 싶을 때가 있다.

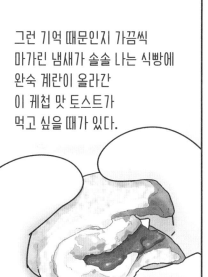

성인이 되고 난 후 길에서 출출할 때는

토스트 한 개
주세요.

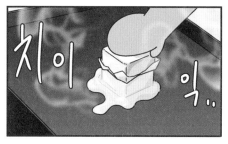

지이
익..

계란에 양배추를 넣어 부치고
마지막에 설탕을 뿌려낸
1,500원짜리
계란 토스트를 먹었고

양배추가 아삭아삭
씹히는 게 고소한
계란 맛과 잘 어울려.

거의 집에서 생활하는 요즘,
가장 좋아하는 계란 토스트는
이거다.

계란과 우유, 휘핑크림, 설탕을 넣고
잘 저어준 뒤

식빵을 계란물에 담가 푹 적셔준다.

슬쩍 담그면 속에
식빵 결이 살아 있는
프렌치토스트가 되지만

나는 푹 적셔서 푸딩처럼
몽글몽글한 식감의
프렌치토스트가 좋더라.

약한 불에 충분히 익혀서 접시에
담아내고 난 후 시나몬가루를 뿌리고
잘라서 메이플시럽을 뿌린
무화과를 얹는다.

그리고 곁들이는
블루베리 콩포트.

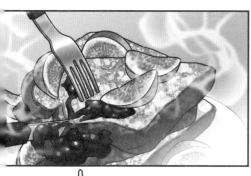

아

아

빵은 계란물을 입어
입안에 들어가면
흐물해질 정도로
부드럽고

달콤한 무화과는
잼을 먹는 것처럼
촉촉하네.

블루베리 콩포트의
상큼한 맛이 곁들여져서
더 맛있어.

가끔은 밀대로 누른 식빵에 딸기잼을 바르고 햄과 치즈를 올려서 돌돌 말아

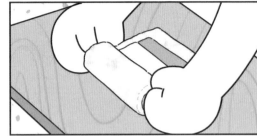

계란물을 묻혀 구워서 단짠으로 먹는다.

달콤하게 먹고 싶다면
딸기잼과 크림치즈 조합도,

초코스프레드를 발라
계피설탕에 굴리는 것도!

따끈한 플랫화이트와
함께 집에서 브런치로
즐겨보세요.

 프렌치토스트를 만들 때 휘핑크림을 첨가하면
몽글몽글 눅진하게 입안에서 녹아내리는 맛이 부드럽고 좋아요.

오이 닭무침과 초계국수

호불호가 많이 갈리는 음식 중 하나인 오이.

물론 저는 호입니다!

스틱 모양으로 썰어서 쌈장에 푹 찍어 먹어도 맛있고

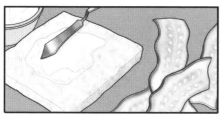

식빵에 크림치즈를 바르고 슬라이스한 오이를 얹어

소금과 후추를 뿌려 먹는 오이 샌드위치는 정말로 좋아하는 브런치!

기름진 짜장면에
아삭한 식감과

향긋함을 더하는
채 썬 오이도,

매콤한 양념을
가득 품고 상큼하게 익은
오이소박이도 좋아…

오이를 싫어하는 사람들은 오이의 향을
굉장히 역하고 비리게 느낀다고 하지만

우욱…!

오이
싫어

수박과 멜론에서도
오이와 비슷한 향을 느껴서
못 먹는 사람이 많다.

저는 개인적으로 오이에서
갓 깎은 잔디밭의 신선한
풀 냄새가 느껴집니다.

뭔가 되게 향기롭고
청량하고 좋은 느낌.

스읍
하

오이
싫어

그게
싫은 거임.

나처럼 오이 향을 좋아하는 사람들에게는
그 향을 더 진하게 느낄 수 있는
방법이 있다.

옛말에 그랬다.

오이, 오이
너 일로 와봐.

?

퍼

역

매가
약이라고!

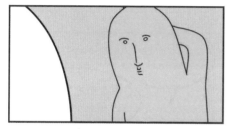

정말로 맛없는 오이는 매가 약이다.

이제
맛있어졌습니다!
(진짜)

산 산

조각

오이가 부서지며 향은 더 짙어지고

부서진 단면으로 양념이 더 맛있게 스민다.

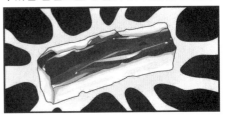

신나게 때려준 오이를 더 맛있게 먹을 수 있는 오늘의 음식.

여름이 되면 대체로 이렇게 되는 본인.

안 물란다…
안 물란다…

아아 줘.

음식 만화
작가 맞냐.

안 먹고 싶어서
안 먹는 게 아냐…

메슥거려서
못 먹는 거라고!

허약한 내 몸답게
위장도 허약함.

그럴 땐 손잡고 시장으로 가서

오이 닭무침과 초계국수를 먹는다!

우와아…!!

초계국수 육수 먼저
한입 들이켜고 나면

시큼하고
시원한 육수가
혀에 닿자마자

침이 고이면서
없었던 입맛이
되살아나…!

꿀꺽

꿀꺽

큼직한 오이 조각과 함께
매콤하게 무쳐진
닭무침 한입.

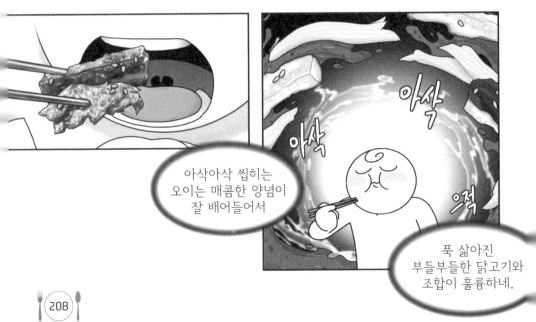

아삭아삭 씹히는
오이는 매콤한 양념이
잘 배어들어서

아삭

아삭

으적

푹 삶아진
부들부들한 닭고기와
조합이 훌륭하네.

그리고 채 썬 오이가 잔뜩 들어간
초계국수도 후루룩.

상큼한 맛에
향긋한 오이가
청량하게 잘 어울려.

닭고기가 고아진
기름지고 구수한 육수가
알싸한 겨자 맛과
잘 어우러지잖아!

오이의 아삭함과 수분감이
메슥거리는 속도, 땀 흘려 진이 빠지던 기분도

모두 다 잠재워주는 한 끼였다.

크으...

깻잎이나 미나리가 잔뜩 들어가서 향긋하고 알싸한 닭무침은 정말 맛있어요.
여름이 아니더라도 언제나 당기는 음식!

젤리

엄마와 장을 보러 가면 꼭 하는 행동이 하나 있다.

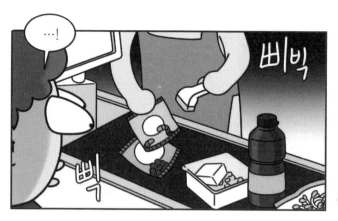

...!

삐빅

삑

(이때쯤 걸린다.)

이건 또 언제 넣었대?!

사는 거 다 똑같군.

젤리 같은 거 먹지 말라니까~

맛있는데 어떡해.

어릴 때는 말랑말랑하고 쫀득한 식감에 특히 신맛이 나는 젤리들을 좋아했다.

비교적 단단한 식감의 젤리들도 있지만

질겅...

기왕이면 젤리는 최대한 말랑말랑 한 게 좋아.

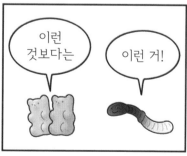

이런 것보다는

이런 거!

그런데 왤까? 어른이 된 지금은
달콤한 젤리를 한입 씹으면
이가 아픈 것을 넘어

이제는 보기만 해도 이가 아리다.

→ 젤리를 본다.
→ 젤리를 먹는다.
→ 이가 썩는다.
→ 이가 아프다.

본다. → 아프다.

자… 잠깐… 너무
많은 과정이
생략되었는데요.

몸이 보내는 일종의
경고인 걸까.

no… no…

NO, NO, NO!!

이렇게 젤리를 쌓아놓고 먹는
먹방 유튜브를 보면

RAINBOW JELLY ASMR ｜ 레인보우 젤리 먹방
조회수 254,022회 2022.11.12

남남 인생
구독자 11.3만 명

👍1만　👎120

부러우면서도 괴롭다.

멈춰…!

혈당 스파이크
멈춰!

어떻게 그렇게 먹고
살아 계시는 거죠?

그런 걸 먹고 다음 날
몸무게 재면 다 빠져 있고.

건강검진 결과도
건강한 편으로
나온다 이거죠.

부럽다…
부러워…

전생에 최소
나라 구했을 듯…

그런 게 제일 부러운 어른을 위한
젤리가 있다.

만들기가 간단해서
집에서 자주 해 먹는
커피 젤리!

뜨거운 블랙커피에 불린 젤라틴을 넣고

냉장고에서 굳혀주면 완성!

단맛은 스테비아로.

취향에 따라
단맛이 없어도
좋습니다.

생크림 또는 연유를
얹어 먹는다.

으음…!

젤리의 탱글하고 쫀득한
식감은 그대로지만

맛은 씁쓸해서
더 좋아.

연유와 크림을 곁들여 같이 먹으면

블랙커피와 믹스커피 젤리를 큐브 형태로 잘라서 섞어 먹어도 맛있어요.

아인슈페너처럼 부드럽고 달콤하면서

쌉싸름한 맛이 즐겁게 어우러지네.

그리고 커피 젤리가 질린다면 가끔은 상큼한 과일 맛으로!

5칼로리지만

쯔오읍

빠는 데 30칼로리를 소비할 수 있다는 저칼로리 곤약 젤리!

어른의 젤리 최고…

위는 커피 젤리, 아래는 판나코타인 디저트를 팔던 곳이 있었는데 지금은 팔지 않아서 그리운 메뉴네요.
커피 젤리 만들기는 정말 쉬우니까 따라 해보세요!

고기국수

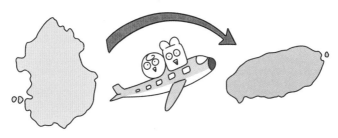

경기도에서 제주도로 이사를 오면서

친구를 별로 만나지 못해
남편이 외로워질 것을 걱정했었는데

근데 사실
경기도 살아도
별로 안 만나요.

그건 그렇지만
만날 수 있는데
안 만나는 것과

만나고 싶은데
못 만나는 것은
다르죠.

하긴… 걱정되긴
하네요.

걱정과 현실은 달랐다.

이번 주말 제주도 놀러 갑니다~!

그때 시간 돼?

오히려 전보다 더 많이 만나는 것 같은데?

모두들 놀러 제주도를 오는구나.

그리고 왠지 다들 이런 상태로 제주도를 오더라.

회!

코키 국수!

회!

코키 국수!

회 별로 안 좋아하지 않았나?

할짝

그렇지만 제주도에 오면 회를 꼭 먹어봐야 한다고 들었다.

한국인이 여행지에 갈 땐 '~를 꼭 먹어야 한다'는 결의에 차서 오는 것 같음.

이것이 도민의 회 맛집이다.

쩔었다… 쩔었어…!

그렇게 지인들에게 회를 대접하고 나면

나 회 좋아했네.

고기국수 맛집은…

여기!

?

?

?

내일은 고기국수 맛집 가자!

고기국수 맛집이 어디 있었죠?

음…

끄

끄

제주도 특유의 국수 요리인 고기국수. 돼지 뼈를 우린 육수에 돼지고기 수육을 고명으로 얹어 만든다.

마을의 크고 작은 행사에서도
쉽게 볼 수 있고

국수
먹고 가~

식당에서도 흔하게 볼 수 있는 메뉴지만

멸치국수
6000
고기국수
8000
고기비빔국수
8000
돔베고기정식
10000

집에서 해 먹는 고기국수만큼
맛있는 건 없다.

후르륵!!

엄마표 레시피만
한 게 없지.

후르륵!

따라 해봅시다.

멸치와 다시마 육수를 우리고
잡내가 나지 않는 신선한 돼지고기
앞다리 부위를 넣는다.

신선한 냉장육으로
만들어야 합니다.

후추를 솔솔 뿌리고 팔팔 끓여주다가
거품이 생기면 국자로 걷어내 주고

다진 마늘 한 스푼과 양파, 당근, 파,
표고버섯, 배추 등 다양한 채소를
한데 넣어준 뒤

소금 간을 해주면 국물은 완성!

호록

캬!

소면은 삶아서
물에 헹구고

촤아

아—

간장에 다진 쪽파,
고춧가루, 깨를 넣고 섞어
양념간장을 만들어서…

짜르르

짜잔…!!!
고기국수 완성!

양념장을
조금씩 섞어가며
먹으면 맛있어요.

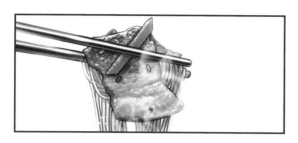

아아-

꿀꺽

꿀꺽

국물은 깊고,
고기는 잡내 없이
부들부들…

후륵

파양념장의
알싸한 맛이

기름진 국물과
잘 어울려…!

손님들도 집주인도 최고로 든든해지는 한 끼였습니다.

이번 화에 나온 고기국수 레시피는 꼭 양념장과 함께 먹어야 맛있어요.
간편하고 쉬운 레시피니까 고기국수가 당기는데 제주도에 갈 수 없을 땐 같이 만들어봐요.

홍시

대체로 인내심이 많은 편이지만

다 부숴라
다 부숴…

해   탈

이런 건 참지 못한다.

맛집

으윽…
그냥 다른 데
가서 먹자.

앗! 나 때문에
남편이 먹고 싶은 걸
못 먹는 게 아닐까!

양심!

그래도 맛집이니까
기다려볼까요?

벌써
갔냐고.

머어 얼찍

이쪽은 더 못 참음.

K-빨리빨리 유전자가
우세한 부부다.

빨리

빨리

빨리

빨리

항상 밥 먹기 전 이런 생각을 하지만

20번씩 씹고
삼켜야지.

어째서인지
가장 늦게 들어와서
가장 일찍 나가는 손님이다.

잘 먹었습니다.

벌써
가세요?

아 정말 이렇게
급하게 먹는 습관
좋지 않은데…

마감하면서
후딱 먹는 게
버릇이 되다 보니
고치기가 어렵네.

그렇지만 가끔은 급한 마음은 접어두고
기다리다 또 기다리다 먹어야 하는 음식도 있다.

어

엉-

남편은 이맘때쯤 항상 친구네 집에 감을 따러 가서

가지 마.

날 두고 가지 마.

준시 한 박스와 함께 돌아온다.

잘 갔다 왔네.

준시를 처음 봤을 때 그 맛을 정말 기대했지만

준시는 감 종류 중 하나인데 보통 홍시보다도 훨씬 달고 맛있어요.

여보도 먹어보면 엄청 좋아할걸?

준시

대봉

반시

오! 나 홍시 진짜 좋아해.

먹어볼 날은 쉽사리 오지 않았다.

감감!

……

그럴 땐 사과나 바나나처럼 에틸렌 가스가 나오는 과일과 함께 두거나

감 꼭지에 소주를 조금 묻혀둔다.

톡톡 톡

그리고 다시
기다림의 시간.

음···

뒤적~

음···

음?

오 드디어
말랑말랑해졌다!
이제 먹을까?

말랑···

아냐, 더 기다렸다가
껍질이 투명해질 때쯤

忍

忍 忍

떫은맛이 다 사라지면
그때 먹어야지.

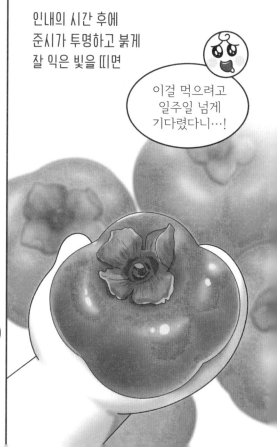

인내의 시간 후에
준시가 투명하고 붉게
잘 익은 빛을 띠면

이걸 먹으려고
일주일 넘게
기다렸다니···!

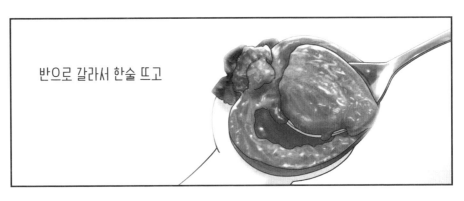

반으로 갈라서 한술 뜨고

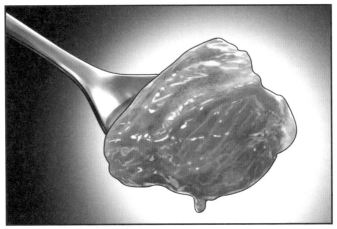

!!!!!

정말로 진하게
달콤하고 맛있잖아…!

일반 홍시의 텁텁한 맛은
거의 느껴지지 않고
당도는 훨씬 높네요.

그치?
맛있지?

그냥 먹어도 맛있지만

홍시는 얼려 먹을 때 제일 맛있어요.

잘 언 홍시를 물에 씻어서 문지르면 얇은 껍질이 쉽게 벗겨져 나간다.

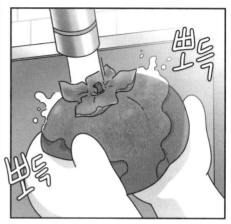

뽀득

뽀득

짜안-!

짠!

영

와… 반들반들해!

살짝 녹길 기다렸다가

기다림의
연속이군.

푹 떠서

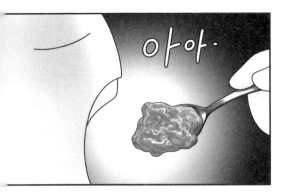

아아.

캬─!

죽인다.

얼음 결정이
사르르 씹히면서

싸
르

르
르

차가운 홍시가
입안에서 녹아내려.

매일매일 먹었더니 변비에 걸렸지만
끊을 수 없는 맛이었다.

기다림의 시간이
하나 더 늘어버렸다…

킁!

달콤하고 촉촉한 홍시도 좋지만 익기 전에 껍질을 벗겨 반건시로 만들어 먹는 것도 좋은 방법이에요.

냉라면

나와 결혼하기 전에는
요리를 꽤 많이 했던 종구 씨.

대학 다닐 때 친구들은
우리 집에서 밥을 많이
먹고 그랬어요.
　　　　내가 만든
　　　　깐풍두부가 맛있거든.

오~

연애 시절 나에게도 여러 가지
요리를 해줬었다.

우와 오코노미야키를
직접 했어요?

따끈

응 얼른
먹어봐!

아-

......

마… 맛있… 맛있어…

소금이 와작와작 씹히고… 시큼하고…

종구 씨는 막입이었다.

그치? 그치? 나 요리 잘하지?

이제 그만 먹을게요.

왜? 더 먹어요. 빨리 아~

배가 너무 부르네.

그리고 어느 날은 깐풍두부를 해줬다.

이건 친구들이 좋아하던 깐풍두부.

오늘은 좀 잘 안됐네…

… 친구분들도 막입이셨나.

나중에는 솔직해졌지만

맛이 없어서 먹기가 힘이 듭니다.

이건 무슨 맛인지 모르겠고

이건 너무 짜고

이건…

그냥! 먹어!

상처!

결국에는
이렇게 되고 말았다.

하지만 그런 종구 씨에게도
주력 메뉴가 있다!

파 기름에 조랭이떡을
짭짤하고 달콤하게 볶은 기름 떡볶이!

너무 맛있다…

쫄깃000

이 맛의
비결은 뭐죠?

설탕을 양심 없이
넣으면 됩니다.

건강과 맛이 충돌하면
건강을 버린다.

…!

그리고 내가 정말 좋아하는 냉라면!

종구 씨가 영상에서 레시피를 보고
만들어주기 시작한 냉라면.

오 여보야.
오늘 내가 냉라면
해줄게!

… 괜찮을까.

라면 수프 한 봉지당
간장, 식초, 설탕을 두 스푼씩 넣고
물 한 컵을 섞으면 된다.

2   2

2!

라면과 채소를 삶아서 건져내고
시원한 냉라면 육수를 부은 다음
깨와 얇게 썬 고추를 얹어주면 끝!

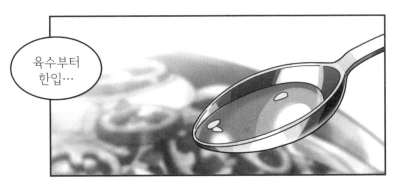

육수부터
한입…

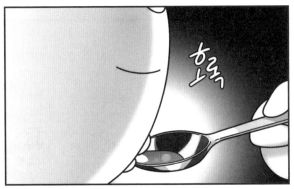

호록

와…!

라면 수프에
시큼한 맛이 이렇게나
잘 어울렸구나!

스읍

후루룩!

매콤하고 칼칼한 라면에 시큼 달달한 육수 맛이 잘 어우러지고

아삭아삭 씹히는 콩나물은 시원함을 더해줘…!

평소에는 라면 한 봉지를 다 못 먹는 나지만 이제는 이해했습니다.

라면은 1.5봉지가 필요하다는 것을!

냉라면은 네 봉지를 끓여야 한다는 걸 깨달아버렸다.

이제 든든하네.

나 1.5봉지 남편 2.5봉지

한 봉지는 적고

두 봉지는 많다!

라면

라면

매!

애

냉면 육수와 잘게 자른 김치, 참기름을 살짝 넣어 김치말이 국수 스타일의 냉라면을 만들어 먹기도 해요. 상큼한 냉라면은 정말 맛있어!

바나나푸딩

스무 살 언저리 즈음…
어느 날 갑자기 입이 벌어지지 않았다.

아 어냐.
(아 뭐냐)

어냐 이짜.
(뭐냐 진짜)

원래도 턱관절에
염증이 잘 생기기는
했었지만…

이건 또
무슨 문제인
걸까.

라고 생각하며 치과에 갔더니

아~

의사 선생님은 말했다.

그렇게 깔게 된 철도.

열차가 내 이 위를
한번 훑고 지나간 것
같은 통증이다.

한동안 음식을 먹고 싶어도
똑바로 먹을 수가 없었다.

아프다…

과하게
아파…!

맛있는 갈비찜이 있는데
왜 먹지를 못하니.

그래서 바나나처럼 부드러운 음식을
먹었다.

이건
괜찮겠지.

그리고 바나나는 역시 덜 숙성된
초록 바나나!

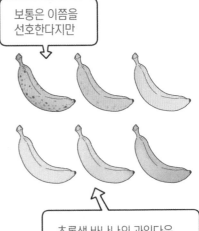

보통은 이쯤을
선호한다지만

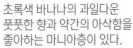

초록색 바나나의 과일다운
풋풋한 향과 약간의 아삭함을
좋아하는 마니아층이 있다.

냠…

(고통!!!!)

겨우 조금 단단한 바나나 정도도 먹기가 힘들다니…!

그렇게 며칠 놔뒀더니 이렇게 됐다.

거~뭇

너무 익은 바나나 별로 안 좋아하는데…

맛있게 먹을 방법이 없을까?

바나나푸딩이라고 하면
바나나우유 맛의 이런 푸딩을
떠올리기 쉽지만

탱글..

미국에서는 무스와 같이
부드러운 질감을 가진 음식들을
푸딩이라고 부른다.

그중 바나나푸딩은 집에서 직접
해 먹어볼 수 있을 정도로 간단한데

자른 바나나와
커스터드 크림,
계란과자를 섞어서

5시간

작은 그릇에 나눠 담고
냉장고에 넣어
기다리면 완성!

바삭한 과자로 푸딩을 만들 수
있을까? 하는 생각이 들 수 있지만
계란과자 속으로
점차 수분이 스며들어서
꾸덕꾸덕하고 부드러워진다.

전혀 눅눅하지
않아요!

기다림의 시간이 끝나면-

와아아…!

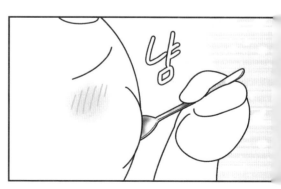

여느 케이크처럼
부드럽게 사르르 녹을 것 같은
모양새와는 달리

입안에서 꾸덕하고
묵직하게 흩어지는
질감이 좋아.

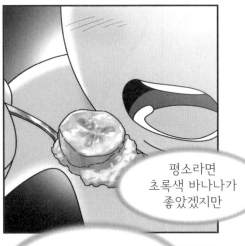

평소라면
초록색 바나나가
좋았겠지만

확실히 잘 익은 바나나가
크림과 부드럽게
잘 어우러지네.

바닐라빈이 들어가
부드러운 향이 나는 것도

달콤한
초코바나나 맛도,

부드럽고 꾸덕한 게
당기는 날엔

바나나푸딩은
어떨까요?

중간중간
캐러멜이 들어간 것도!

그냥 계란과자는 잘 먹지 않는 편인데 바나나푸딩에 들어가서 촉촉하고 폭신해진 계란과자는
왜 이리 맛있는 걸까요? 다음에 계란과자를 먹을 땐 우유에 적셔서 먹어봐야지!

타코

가끔씩 이런 식당을
만날 때가 있다.

음식
나왔습니다~

와 얼른
먹어야지!

잠깐!

이건 이런 재료를
사용했습니다.
그냥 바로 드시지
말고

첫 번째로는
고명과 함께 이 조합으로
드셔보세요.

그 후에 비벼서
드시면서

소스를 모두 다
붓지 말고

조금씩 뿌려가면서
맛보세요.

네~
잘 먹겠습니다!

잠깐!

그리고 찬으로 나온
이것과 함께

이렇게 드시면
더 맛있고요.

나중에 이게 나오는데
소스를 조금 남겼다 같이
드시면 좋습니다.

누군가에게는
귀찮게 느껴질 수도
있다.

그렇지만 나는
오히려 좋아!

설명해주는
재료 하나하나

먹어보면서 괜스레
재료의 맛을 찬찬히
되짚어볼 수 있고

추천해주시는 조합은
사장님이 직접 만든
요리에 대해

얼마나 고민했는지가
느껴져서 좋아.

급하게 먹을 땐
느끼지 못했던 맛까지
느껴보기도 하고

오… 정말로
씹을수록 은근한
단맛이 나잖아?

이렇게 먹으니까
정말 더 맛있다!

그리고 가끔은,
도저히 입에 맞지 않던 식재료까지
맛있게 느껴지게 해줄 때도 있고!

어느 날 티브이에서
타코 먹는 모습을 봤다.

오오…

오오오!!!

여보 타코 먹어본 적 있어?

응! 나는 서울에서 일할 때 동료들이 가끔씩 데려가줘서 먹은 적이 있어요.

타코 싫지 않으면 나랑 먹으러 갈래?

좋지~

그렇게 타코를 먹으러 갔다.

타코는 어떤 맛일까?

두근두근~

빠안

엇?!

타코에 고수가 들어가네요?

응! 나는 이제까지 항상 빼고 먹었었어요.

그래서 주문할 때 고수를 빼달라고 말씀드렸는데

고수 빼주세요.

…!

고수 못 드시나요?

네…!

한번 빼지 않고 드셔보는 건 어떤가요…!

!!!

타코는 고수를 얹어야 정말 잘 어울리고

실제로 고수를 잘 못 드시던 분들도

타코에 올라간 건 곧잘 드시기도 하고…

……

이렇게 먹으면 맛있단 말이에요.

제발 츄라이 츄라이…

눈빛

발사!

사장님의 눈빛이 이렇게 말하고 있었기 때문에 시도해보기로 했다.

좋아요!!!

고수는 이제까지 먹기가 너무 힘든 식재료였지만

오늘이 고수가 좋아지는 날이 될 수 있지!

상큼한 라임즙을 쭈우욱 짜고

한입 베어 물었더니

아-

내가 알던 그 고수 맛이 났다.

윽!
퐁퐁 맛…!

으윽

그렇지만

오…?

오오…!!!!!!

다른 재료랑 어우러지니까 정말로 향기로워졌어!

타코의 느끼한 맛을 고수가 깔끔하게 잡아주잖아?!

아삭

아삭

촉촉한 고기와 신선한 토마토,

아삭아삭하고 알싸하게 씹히며

신선한 단맛이 감도는 양파의 맛.

매콤하면서 또 느끼한 소스와 곁들여지는 상큼한 라임즙과 고수.

고수… 맛있는 채소였구나…!

내가 느끼는 맛의 세계가 한 칸 더 넓어졌다.

그리고 최애 음식이 하나 더 생겼다.

나초 과자에
타코 재료를 섞어 먹는
워킹 타코!

라임 소다와
정말 잘 어울려요.

탄산을
부르는 맛!

요즘은 매일 집에서 타코를 만들어 먹어요.
스리라차 소스로 칼로리를 줄이고 채소는 잔뜩 넣어서 건강하게!

집밥

집에 갔는데 이런 반찬 나오면 밥 최소 몇 공기 가능?

홍구 | 조회 2400

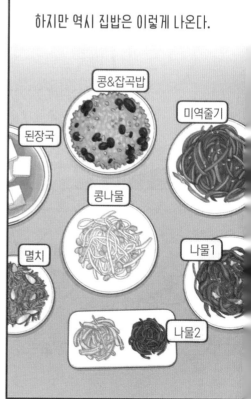

하지만 역시 집밥은 이렇게 나온다.

콩&잡곡밥

미역줄기

된장국

콩나물

멸치

나물1

나물2

아끼는 사람들에게 이렇게 말하는
이유는

사 먹지 말고
집밥 잘 챙겨 먹어. ◇

사 먹는 정식이랑
집밥이 뭐가 그리
다르다고?

그만큼 집밥에는 정성과 사랑이
들어갔다는 뜻이 아닐까.

그 예시로
우리 엄마가 직접 끓여준
라면을 그려보았습니다.

제목- 한강물이 브로콜리라면

아니 엄마 이렇게
건강하게 먹을 거면
라면을 안 먹지.

…

후루룩…

후루룩…

싱거워요.

엄마들의 손맛이
점점 단맛과 자극적인 맛을 줄이고
삼삼하게 바뀌어가는 걸 생각해보면

짜… 짜다…

설탕량을 조금이라도 줄이고
어떻게 하면 건강하게 만들어 줄지
고민 한번 더 하는, 그런 마음이
집밥을 건강하게 만들어주나 보다.

확실히 어떤 맛있는
음식을 사 먹는다고 해도

집밥이 그리워지는 순간이 오더라.

집밥…
집밥 먹고 싶어…!

집밥 먹을래…

흐엉

평소에 과식하던 사람도

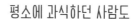

이상하게 먹을 만큼만 딱 먹고
수저를 놓게 되는 집밥.

잘
먹었습니다.

맛없어서
그러는 거 아님.

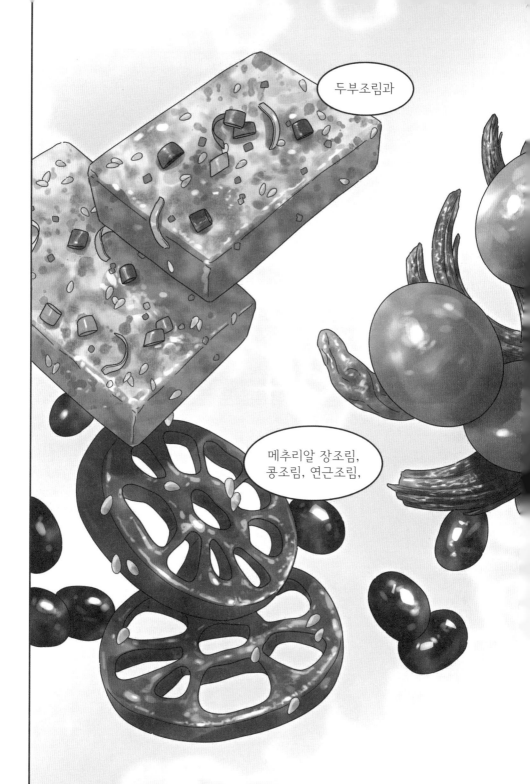

종류별로 밥에 넣고
들기름과 고추장에
비벼 먹고 싶은 나물들과

향긋한
절임들까지!

뜨끈한 밥 위에
나물을 올려
한입 먹고

파가 송송 들어간
몽글한 계란찜도 먹고

입가심으로는
소고기뭇국.

깻잎절임으로
쌈도 한입.

생각만으로도 포근해지는
한 끼인 것이다!

집밥 해줘
집밥…

아 맞다.
이제 내가 해야
되지.

내가 저녁 만들어
줄까요?

…

설거지
하셈.

넵.

그리고 이제 집밥을 직접 하는 입장이 되어보니 알겠더라.

기름에 튀겨야 맛있지만…

그냥 기름 없이 에어프라이어로 구워서 먹자.

어떤 음식이든 채소 왕창 넣기!

간은 좀 삼삼하게.

헉… 나 지금 좀 우리 엄마처럼 굴었다.

건강하려다가 맛없게 만들었음을 깨달음.

어쩌면 나도 나중에는 브로콜리를 가득 넣은

한강물 라면을 끓이게 될지도 몰라…

괜찮아요. 라면은 내가 끓이면 되니까.

다시금 집밥에 들어 있던 애정을 깨달은 날이었습니다.

고기만 먹지 말고 나물이랑 배추 쌈도 더 먹고!

알았어용.

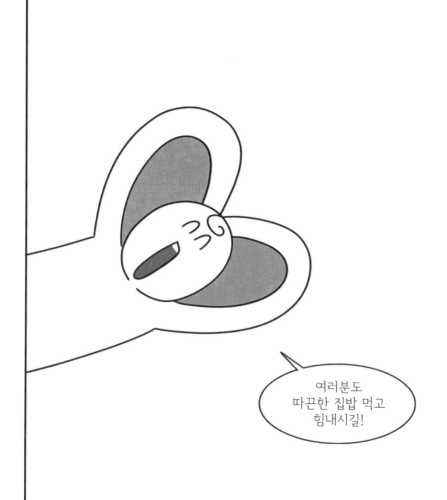

언제 먹어도 따끈따끈, 괜스레 가슴속이 훈훈해지는 집밥!
독자님들도 꼭 집밥 잘 챙겨 먹어요♡

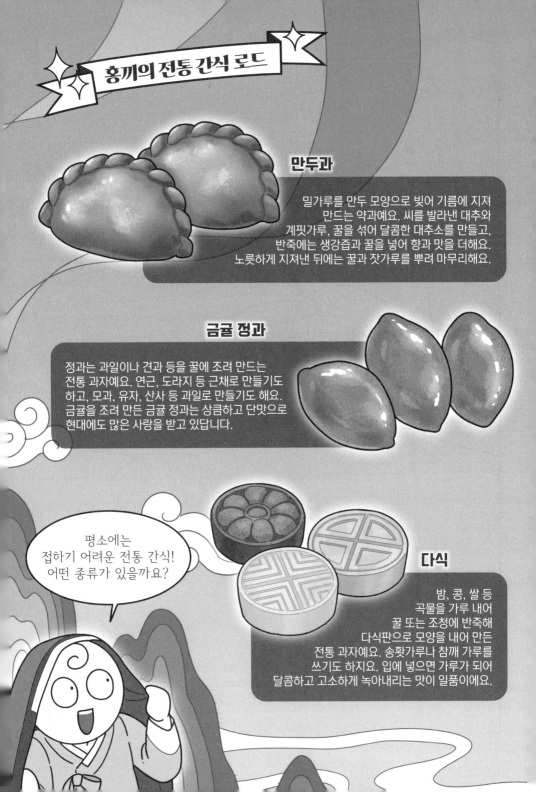

홍끼의 전통 간식 로드

만두과

밀가루를 만두 모양으로 빚어 기름에 지져
만드는 약과예요. 씨를 발라낸 대추와
계핏가루, 꿀을 섞어 달콤한 대추소를 만들고,
반죽에는 생강즙과 꿀을 넣어 향과 맛을 더해요.
노릇하게 지져낸 뒤에는 꿀과 잣가루를 뿌려 마무리해요.

금귤 정과

정과는 과일이나 견과 등을 꿀에 조려 만드는
전통 과자예요. 연근, 도라지 등 근채로 만들기도
하고, 모과, 유자, 산사 등 과일로 만들기도 해요.
금귤을 조려 만든 금귤 정과는 상큼하고 단맛으로
현대에도 많은 사랑을 받고 있답니다.

평소에는
접하기 어려운 전통 간식!
어떤 종류가 있을까요?

다식

밤, 콩, 쌀 등
곡물을 가루 내어
꿀 또는 조청에 반죽해
다식판으로 모양을 내어 만든
전통 과자예요. 송홧가루나 참깨 가루를
쓰기도 하지요. 입에 넣으면 가루가 되어
달콤하고 고소하게 녹아내리는 맛이 일품이에요.

오미자 과편

과편은 과즙에 녹말과 꿀을 넣고 졸여 굳힌
음식이에요. 젤리나 푸딩처럼 찰랑찰랑한
식감으로, 주로 앵두나 살구, 모과,
오미자 등 새콤달콤한 과일을 이용해
만든답니다. 색이 아름다워서
잔치 음식으로 많이 사랑받았다고 해요.
오미자 과편은 화사한 붉은색이랍니다.

율란

삶은 밤을 으깬 후 체에 내린 다음
꿀과 계핏가루를 섞어 밤 모양으로 빚은
전통 간식이에요. 포슬거리는 식감이
달고 고소한 밤 맛과 잘 어울려요.
이렇게 원재료의 형태로 모양을 빚는
전통 간식을 숙실과라고 하는데,
율란 외에도 대추로 만든 조란,
생강으로 만든 강란 등이 있답니다.

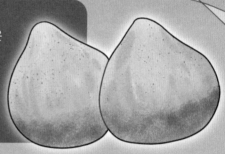

원소병

찹쌀 반죽을 둥글게 빚어
대추나 귤, 유자로 속을 채워 삶아
경단을 만든 다음, 차게 식힌 꿀물이나
오미자 물에 담가 먹는 음식이에요.
위에 잣을 몇 알 띄워주면 금상첨화지요.
주로 정초에 먹는 음식으로, 오미자, 치자,
쑥을 이용해 반죽에 색을 내면 더 예쁘답니다.

먹는 인생 ❸

글·그림 | 홍끼

초판 1쇄 인쇄일 2022년 12월 19일
초판 1쇄 발행일 2023년 1월 2일

발행인 | 한상준
편집 | 김민정·강탁준·손지원·최정휴·정수림
디자인 | 김경희
마케팅 | 이상민·주영상
관리 | 양은진

발행처 | 비아북(ViaBook Publisher)
출판등록 | 제313-2007-218호(2007년 11월 2일)
주소 | 서울시 마포구 월드컵북로 6길 97(연남동 567-40)
전화 | 02-334-6123 전자우편 | crm@viabook.kr
홈페이지 | viabook.kr

ⓒ 홍끼, 2023
ISBN 979-11-91019-91-9 04810